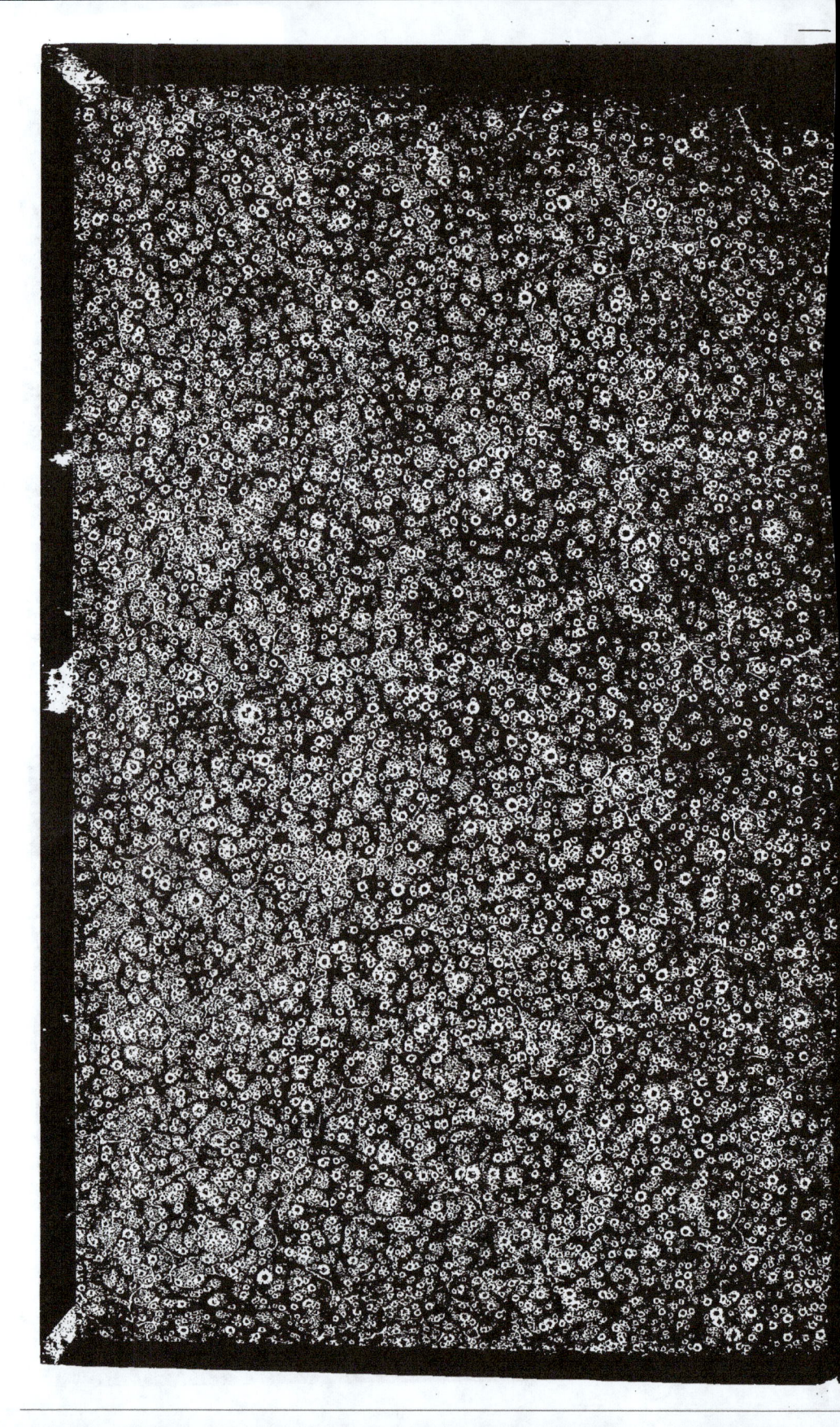

Y

# ERREURS POÉTIQUES

TOME III.

Imprimerie Bonaventure et Ducessois, 55, quai des Grands-Augustins.

# ERREURS
# POÉTIQUES

DE

## GEORGES OZANEAUX

TOME TROISIÈME

PARIS
AMYOT, LIBRAIRE-ÉDITEUR,
6, rue de la Paix.

1849

# LE NÈGRE

## LAPÉROUSE

# NOTICE

## SUR

# LE NÈGRE

# NOTICE

———

Voici une pièce qui a dû, comme *Missolonghi*, subir une dure captivité avant de se montrer au grand jour. Plus heureuse au moins que sa sœur aînée, elle a paru sans mutilations, grâce à la révolution de 1830. Au reste, le gouvernement précédent repoussait l'ouvrage, non pour des détails d'exécution, mais pour le sujet lui-même, qu'il ne voulait pas admettre sur la scène.

Le *Nègre* fut reçu à l'Odéon en 1828. Soumis au comité de Censure, il obtint immédiatement l'honneur d'être déféré à M. de Martignac, ministre de l'Intérieur, comme ouvrage dangereux pour nos colonies. Ce ministre envoya la pièce à son collègue de la marine, M. Hyde de Neuville, qui, par lettre du 1er août, s'opposa à la représentation.

Sur ces entrefaites, l'Odéon, tombé en des mains inhabiles, fermait ses portes à la littérature dramatique. Après quelques changements à ma pièce, je la portai à la Comédie Française, sous le titre de *Lazaro*.

Elle fut reçue à l'unanimité, avec un enthousiasme que je ne veux pas raconter parce que ce récit serait ridicule dans ma bouche. La mise en scène immédiate fut votée aussitôt.

Je ne pouvais pas cacher à mes nouveaux juges la position de l'ouvrage vis-à-vis de l'autorité. Des démarches actives furent donc faites à ce sujet par M. le baron Taylor, alors commissaire du Roi près le théâtre Français. Pendant ce temps, je lisais l'ouvrage au Palais-Royal, chez le duc d'Orléans, qui m'engageait à voir M. Hyde de Neuville.

Ce ministre eut la bonté de me recevoir et d'écouter mes plaintes, et même en audience assez singulière, car il m'admit dans son cabinet, en plein conseil d'amirauté, ce qui procura à M. de Rigny un moment de joie moqueuse très-prononcée quand il vit que le ministre de la marine censurait la Comédie française. Je fus, du reste, fort content de M. Hyde de Neuville, à qui je laissai entrevoir les sarcasmes des petits journaux, chose qu'il craignait beaucoup, et il me conjura presque de ne pas le mêler dans cette polémique. Il m'exposa avec une dignité toute candide l'état des colonies, et les inquiétudes que pourrait y susciter la représentation d'un ouvrage qui flétrit la traite des noirs, lorsqu'on savait que le gouvernement avait tous les pouvoirs possibles pour empêcher cette mise en scène. Il alla jusqu'à faire appel à mes sentiments, et à me demander ce que je répondrais, moi, ministre de la marine, si mon collègue le ministre de l'intérieur me consultait sur une pareille question. Il se plaignait d'ailleurs assez vivement de ce que M. de Martignac avait rejeté sur lui pareille responsabilité, et me promit formellement de parler dans ce sens à son collègue qu'il devait voir une heure après à la Chambre des députés.

J'écrivis à M. de Martignac la lettre suivante :

Au Ministre de l'Intérieur.

Le 20 mai 1829.

Monseigneur,

Je suis auteur d'une pièce intitulée *le Dernier Jour de Missolonghi*, représentée, grâce à V. E., sur le théâtre royal de l'Odéon, après avoir été arrêtée pendant plus de six mois par votre prédécesseur. On sait maintenant si les craintes que ce malheureux ouvrage avait suscitées reposaient sur le moindre fondement.

Maintenant ma position est plus embarrassante ; j'en appelle pour la seconde fois à la sagesse de V. E. Mais aujourd'hui c'est contre un jugement rendu par elle-même.

J'ai présenté et fait recevoir l'an dernier à l'Odéon un drame en vers, où la Censure a cru voir une attaque trop violente contre la traite des noirs. Déféré à votre autorité, ce drame a été envoyé par vous au ministre de la marine, et sur l'avis de votre collègue, vous avez décidé l'ajournement de l'ouvrage.

Je me suis soumis ; j'ai fait des changements ; et la pièce intitulée *Lazaro*, lue au Théâtre Français, reçue avec acclamations, honorée d'un tour de faveur, a reparu devant ses juges.

Mais il arrive que MM. les examinateurs des ouvrages dramatiques, pour se décharger de toute responsabilité, s'en réfèrent à la lettre de M. le ministre de la marine, et me jettent dans la plus bizarre anomalie, me forçant à porter mes suppliques dans un ministère où je ne trouve aucune voix pour me répondre.

Monsieur le baron Hyde de Neuville a eu la bonté de me recevoir, et de m'exprimer la peine qu'il éprouvait de voir son autorité devenue responsable de l'interdit qui pèse sur moi. La seule influence qu'il garde sur mon ouvrage, c'est d'en empêcher la représentation dans nos colonies, où certes je n'ai pas envie d'être joué, ni même d'envoyer mon drame. Il déclare se retirer entièrement de toute question relative à l'influence que pourrait avoir au-delà des mers une pièce jouée rue de Richelieu, et me renvoie à la juridiction légitime de V. E. à qui il m'a promis d'en parler dans ce sens.

Je reviens donc à vous, Monseigneur, et vous prie de considérer :

1° Que mon ouvrage, bien loin d'être hostile au gouvernement, est au contraire entièrement conforme à ses vues paternelles ;

2° Qu'il ne blesse ni la religion, ni les mœurs ; qu'il est au contraire l'expression d'une idée très-philosophique, très-chrétienne, et que s'il faut des garants pour l'intention de l'auteur, il doit y en avoir suffisamment dans les honorables fonctions qu'il exerce, et dans le témoignage du chef suprême et de tous les membres de l'Université ;

3° Que c'est une production littéraire d'une grande importance, jugée telle du moins par les suffrages les plus distingués, j'ai même le droit de dire les plus augustes.

En conséquence, j'ose prier V. E. de vouloir bien ordonner un nouvel examen de la pièce, recommandant à MM. les censeurs de regarder comme non-avenue la lettre écrite l'an dernier par M. le ministre de la marine : et, en même temps, de consentir à m'entendre quelques moments en audience particulière, pour que je puisse lui présenter moi-même mes raisons.

La protection éclairée dont V. E. honore la littérature et les arts me fait espérer qu'elle prendra ma demande en considération.

J'ai l'honneur d'être, etc.


Je ne reçus ni réponse, ni lettre d'audience. Ma pièce fut renvoyée à l'examen des censeurs, à qui j'écrivis ce qui suit :

### A MM. les Examinateurs des ouvrages dramatiques.

17 juillet 1829.

Messieurs,

Vous allez sans doute prononcer aujourd'hui sur le sort d'un de mes ouvrages, auquel les suffrages les plus honorables, et les vôtres sont de ce nombre, me permettent d'attacher une grande importance. Si mes fonctions ne me retenaient justement à la même heure que les vôtres vous appellent, j'irais porter moi-même ma défense à votre tribunal, et vous ne refuseriez pas de m'entendre. Ayez donc la bonté de jeter les yeux sur cette lettre, avant de décider quelque chose. J'aurai certainement des avocats dans vos consciences, mais, après le plaidoyer des défenseurs, on donne encore la parole à l'accusé.

Or, de quoi m'accuse-t-on, ou plutôt ma pièce, car personne n'a argué contre mes intentions, mon caractère et ma situation sociale donnant sous ce rapport de suffisantes garanties?

La question que j'ai traitée entre dans mes attributions. Professeur de philosophie, c'est un devoir pour moi d'enseigner que l'esclavage est une barbarie, une usurpation du droit naturel, et je l'enseigne. J'ai voulu transporter, dit-on, la question sur le théâtre, et là, elle a ses dangers. C'est ce que je vous demande la permission d'examiner.

Depuis un an que ma pièce est dans les cartons du ministère, j'ai dû balancer les raisons pour et contre son admission au théâtre.

D'abord il n'est pas juste de dire que j'y traite une question. Une pièce n'est pas une thèse : c'est un fait, historique ou imaginaire, présenté sous des formes dramatiques ; et si l'on trouve dans mon drame la question de l'esclavage, on y trouvera au moins autant celle de l'amour et celle de la vengeance. Mais passons : vous le savez aussi bien que moi, et l'on ne craint qu'une chose, l'application des faits que je présente, à l'état actuel de nos colonies.

Distinguons : entend-on parler de la traite des noirs? Il serait plus que ridicule, il serait odieux de repousser du théâtre l'expression d'un sentiment que l'humanité proclame de toutes parts, qui se grave de plus en plus dans le texte de nos lois, éclate chaque jour en chaire, à la tribune nationale, dans tous les journaux. Défendre une pièce parce qu'on y blâme la traite des noirs, ce serait, je l'ai dit au ministre, se déclarer l'approbateur du crime qu'elle condamne.

Veut-on parler de l'esclavage dans nos colonies? Ici, messieurs, commence la véritable discussion. Oui, nos colonies sont dans une situation embarrassante. L'humanité et la politique se disputent le sort de ces contrées lointaines, et nous, du haut de la civilisation européenne, nous contemplons à loisir ce merveilleux spectacle, incertains sur le parti qu'il faut prendre. Les gouvernements tiennent la balance : un grain de sable peut la faire pencher, et le voici, ce grain de sable dont on a peur.

Eh ! messieurs, depuis quand un pauvre drame a-t-il changé le sort des peuples ? Ce soir une pièce est jouée rue de Richelieu, et demain la Guadeloupe est bouleversée : quelques applaudissements, renfermés dans une salle de Paris, inconnus même du passant qui traverse les galeries d'alentour, auront franchi l'Atlantique; et répétés tout-à-coup par les échos d'un autre monde, ils troublent le colon dans son repos, et réveillent l'esclave de son inertie, pour lui mettre à la main les flambeaux incendiaires. Et quel moyen de produire ces incroyables effets ? La représentation de l'ouvrage dans les colonies ? absúrde. La lecture du drame ? Il faut d'abord que les nègres apprennent à lire , et, pour les colons, ils ont bien autre chose à faire. Des articles de journaux ? Ah oui, voilà la grande crainte. Eh bien, voyons. 1º Les journaux parleront bien plus de l'ouvrage sous le rapport littéraire et dramatique que sous le rapport politique, c'est incontestable. Ce qu'ils diraient dans cette dernière circonstance serait beaucoup moins fort, beaucoup moins direct que ce qu'ils disent souvent sur cette matière. 2º Il serait dans l'intérêt du théâtre, dans celui de l'auteur, de s'opposer à ce qu'on développât trop cette sorte d'idées, et ils l'obtiendraient. 3º Si ces journaux sont à craindre, parlant de ce drame, eh bien, le mal qu'on veut empêcher n'existera pas moins, il sera plus grave peut-être, quand on aura proscrit la pièce : car elle sera imprimée, elle aura une préface, les journaux en parleront avec plus de véhémence, et ce ne sera plus l'auteur, mais son juge qui aura à se défendre contre la ridicule accusation d'avoir incendié les colonies.

Laissons, messieurs, ces craintes chimériques, et suivez à mon égard le franc système que vous avez adopté, de laisser jouer tout ce qui ne blesse ni la religion, ni la morale, ni l'auguste personne du roi. Avez-vous vu que vos concessions aient été dangereuses ? la littérature dramatique prend une allure plus dégagée et s'élève à de plus heureuses conceptions ; voilà tout le mal. L'opinion publique est venue vous chercher jusque dans le sanctuaire de vos délibérations, pour vous remercier de la manière honorable dont vous remplissez la tâche difficile qui vous est confiée. Au milieu de ce concert d'éloges, vous ne voudrez pas qu'une voix s'élève pour blâmer et se plaindre. Vous êtes hommes de lettres, des succès ont marqué vos carrières : vous n'arrêterez pas, à l'entrée de la sienne, un auteur que tant de suffrages ont encouragé, que trois d'entre vous connaissent et honorent de leur estime. J'attends votre décision avec confiance, et je ne suis pas le seul qui l'attende : elle sera portée bien consciencieusement, je le sais, et c'est pour ce motif que j'espère.

Le bureau fut embarrassé. M. le vicomte Siméon, qui le dirigeait, voulut rejeter la décision sur le ministre lui-même et fit en sorte que les avis se partageassent par moitié. Son rapport et l'ouvrage furent donc déposés sur le bureau de M. de Martignac, le 28 juillet.

J'étais prévenu, et en même temps M. de Martignac recevait de moi cette lettre :

A S. E. Monseigneur le Ministre de l'Intérieur.

28 juillet 1829.

Monseigneur,

Lazaro, le pauvre nègre, vient pour la dernière fois se jeter à vos pieds et vous demander son affranchissement, dût-il sortir mutilé des entraves qui le retiennent depuis longtemps.

Voici ce qu'il a fait : offensé dans sa jeunesse par son maître, colon portugais, il a médité pendant vingt ans une vengeance atroce, cachant ses projets criminels sous une apparence de folie. L'occasion s'est offerte, et ni la douceur de ce maître, dont l'âge a calmé les rigueurs, ni les vertus de sa jeune maîtresse, qui l'a comblé de bienfaits, lui et son fils, n'ont pu l'arrêter dans une résolution si longtemps refléchie. Il a tenté d'empoisonner le colon et sa fille. Mais le crime n'a pas réussi : le fils de l'assassin s'est dévoué pour celle qui dut être victime, et le vieux nègre, désespéré, s'est jeté dans les flots.

Pour cet attentat, dont les conséquences ne sont pourtant pas dangereuses, puisqu'il a été bien puni, on hésite aujourd'hui à permettre que l'ombre du pauvre nègre paraisse un de ces soirs sous les colonnes de la rue Richelieu, où bien des voix l'ont évoquée. Des quatre juges qui avaient à prononcer sur son sort, deux ont dit *oui*, deux *non* : le rapport va en être fait tout-à-l'heure à V. E. qui choisira : mais le vieil esclave a entendu dire que dans votre pays, quand douze jurés se partagent six par six, cela s'appelle absoudre.

Plein de confiance dans votre justice, Lazaro en appelle à votre sagesse, et vous supplie, avant de prononcer l'arrêt, d'écouter un moment ses raisons.

1° L'ouvrage qui le représente n'a rien d'immoral, rien d'hostile contre les vues paternelles du gouvernement : au contraire, il blâme avec lui la traite des noirs.

2° Il n'appelle pas les nègres à la révolte, puisqu'il ne s'agit pas de théories ni de généralités, mais d'un crime tout personnel : moins dangereux en cela que Marino Faliero, qui soulève des masses, sur le théâtre s'entend, car dans les rues de Paris il n'a fait bouger personne.

3° Ce n'est pas à la Guadeloupe qu'il demande à paraître, mais à la Comédie française, devant un parterre composé d'hommes blancs, fort pacifiques pour l'ordinaire, et qui ne prennent pas, comme certain public presque blanc des boulevards, les illusions de la scène pour des réalités.

4° Un ouvrage littéraire, dont l'importance est appuyée sur des suffrages unanimes, ne doit pas être jugé comme les œuvres d'un jour, dont tout le mérite est dans l'à-propos des questions qu'elles soulèvent, et la violence des passions qu'elles excitent.

5° La moindre brochure, traitant directement la question du noir et du blanc, le plus mince article de journal, feront plus d'effet dans les colonies que tous les drames du monde, joués ici. Puis, si, retorquant l'argument contre Lazaro, on lui disait que les journaux parleront de lui, il demandera s'ils n'en parleront pas un peu plus encore, dans le cas inévitable où l'auteur ferait imprimer son ouvrage.

6° Si on lui disait que le gouvernement, en laissant jouer une pièce où un nègre se plaint et se venge, semble encourager les noirs des colonies à se plaindre et à se venger, il demanderait si le gouvernement, en laissant chanter Guillaume Tell et le serment du Rütli, encourage et favorise le développement des principes républicains.

7º Enfin, déterminé à défendre ses droits, mais prêt à toutes les concessions, l'auteur, dont l'avenir est dans le succès de cet ouvrage, offre de reculer l'impression de sa pièce, si elle est représentée, jusqu'à ce que V. E. l'y autorise.

Protecteur de la littérature, et par le rang que vous occupez, et par l'éclat de vos talents personnels, vous allez, j'en suis sûr, signer l'acte d'affranchissement.

J'ai l'honneur, etc.

Pas de réponse. Dix jours après, le 7 août, le ministère *libéral* était changé. M. de Labourdonnaye était ministre de l'intérieur.

Tout espoir était perdu. Je ne me rebutai pas pourtant, et voici ce que j'écrivis au nouveau ministre :

À Monsieur de Labourdonnaye, Ministre de l'Intérieur.

7 septembre 1829.

Monseigneur,

Voici la cinquième lettre que j'écris pour appeler une décision définitive sur un drame en vers de moi intitulé *Lazaro*, reçu avec acclamation à la Comédie française, le 11 mars de cette année. Le prédécesseur de Votre Excellence, après m'avoir, par un inexplicable renversement de juridiction, soumis deux fois au ministère de la marine, qui deux fois m'a renvoyé au ministère de l'intérieur, allait enfin lire la pièce lui-même, et prononcer en dernier ressort

Il s'agit dans ce drame d'un vieux nègre qui, pour exercer une atroce vengeance contre son maître, colon portugais, feint pendant vingt ans la folie, et, quand l'occasion est arrivée, tente aveuglement un crime dont tout l'effet retombe sur lui seul.

Le ministre de la marine a craint que ce drame n'incendiât les colonies.

J'ai fait valoir l'importance de l'ouvrage, l'éclat des suffrages qu'il a obtenus, les droits de l'homme de lettres, dont la propriété doit être sacrée, quand il n'attaque ni la religion, ni les mœurs, ni l'auguste personne du roi.

J'ai dit que ma pièce ne contenait aucune théorie, aucune déclamation sur l'état des noirs en général.

Je me suis même engagé à en suspendre l'impression, jusqu'à ce que l'autorité supérieure eût reconnu que la représentation, rue de Richelieu, ne troublerait point la Martinique et la Guadeloupe.

MM. les examinateurs n'ont pas voulu prendre sur eux de permettre un ouvrage dont se méfiait un ministre de la marine, qui ne l'avait pas lu. Ils en ont appelé, et moi aussi, au jugement personnel de M. de Martignac.

Permettez-moi, Monseigneur, d'en appeler au vôtre, car enfin, après six mois, il doit m'être permis d'espérer une décision. Je l'attends de votre justice, et songeant à la noblesse de votre caractère, je l'attends favorable.

J'ai l'honneur d'être, etc.

J'ose supplier Votre Excellence de se faire représenter ma dernière lettre, adressée à M. de Martignac, le 28 juillet dernier. C'est un résumé des autres.


Voici la seule réponse de Son Excellence :


14 septembre 1829.


Monsieur,

J'ai reçu la lettre que vous m'avez adressée au sujet de votre drame intitulé *Lazaro*, et que vous destiniez à la Comédie française.

J'ai le regret de vous annoncer que la représentation de cet ouvrage n'a pu être autorisée : les deux manuscrits qui ont été déposés au bureau des théâtres sont à votre disposition.

Agréez, monsieur, l'assurance de ma considération distinguée.

Le ministre de l'intérieur,

LA BOURDONNAYE.

M. de la Bourdonnaye s'étant retiré du ministère Polignac au commencement de 1830, fut remplacé par M. de Montbel dont j'avais eu occasion d'apprécier personnellement les nobles sentiments pendant qu'il dirigeait notre ministère de l'Instruction publique. Je tentai auprès de lui un dernier effort et lui écrivis :

A Monsieur de Montbel, Ministre de l'Intérieur.

12 février 1830.

Monseigneur,

Je suis victime d'une décision émanée de vos prédécesseurs au ministère de l'intérieur, décision de laquelle je suis résolu à en appeler toujours, parce qu'elle est trop cruelle à mon égard pour que je m'y tienne, et me semble trop contraire à la justice et à la raison pour que je ne recoure pas sans cesse à une sagesse supérieure. MM. de Martignac et de La Bourdonnaye sont restés inaccessibles à mes réclamations : tous deux ont refusé de m'entendre. J'ai pris patience : j'ai gardé pour moi mon chagrin, parce que je conservais l'espérance. Les lumières de Votre Excellence, son amour par la justice, son zèle pour tout ce qui est bon et beau, et son extrême bienveillance pour tous ceux qui l'approchent avec d'honorables intentions, me rassurent complétement sur le mauvais effet de la prévention qui s'attache toujours au renouvellement d'une demande plusieurs fois repoussée.

Je dirai le fait en peu de mots, car les cartons du ministère sont remplis de mes plaintes.

Je suis l'auteur d'un ouvrage dramatique en vers, intitulé *Lazaro*, reçu avec unanimité, je puis même dire avec enthousiasme, d'abord à l'Odéon en 1828, puis au Théâtre Français en 1829. Les suffrages que cet ouvrage a obtenus, les éloges de tous ceux qui le connaissent, en ont fait tout l'espoir de ma carrière littéraire. Je rattache d'ailleurs à son succès la publication d'une autre composition toute nationale.

Depuis deux ans, la censure s'oppose à sa représentation. En voici le motif.

Le sujet est la révolte d'un vieux nègre contre son maître, colon portugais, révolte qui produit un crime affreux, dont tout l'effet retombe comme châtiment sur son auteur.

Malgré cet effet moral, résultat évident de l'ouvrage, on a craint que la vue d'un nègre révolté, sur un théâtre de Paris, eût une influence funeste sur nos colonies. On a défendu l'ouvrage.

Je ne réfuterai pas ici l'incroyable rigueur de ce jugement. Si j'osais citer le nom des personnes qui l'ont trouvé plus que bizarre, les autorités imposantes ne me manqueraient pas.

Toutes les fois que j'en ai demandé la révision, on l'a soumis aux juges qui avaient prononcé d'abord. Pouvaient-ils se démentir ?

Quand j'ai prié M. de Martignac de lire lui-même l'ouvrage, il n'en a rien fait. Par un renversement de juridiction qui n'a d'exemple que pour moi, il l'a envoyé au ministre de la marine, qui ne l'a pas lu davantage ; et d'ailleurs je demande si cette question, adressée à un ministre de la marine : peut-on jouer une pièce où il est question d'une colonie ? ne doit pas amener, même sans examen, cette réponse : j'aimerais autant qu'elle ne fût pas jouée.

Si mon ouvrage attaquait la religion, la morale publique, l'auguste personne du roi, le gouvernement, que sais-je moi ? tout ce qui a droit au respect et à la vénération, honteux de l'avoir produit, je regarderais comme un bienfait une interdiction qui pourrait être remplacée par de justes peines. Mais tout y respire la plus pure morale, la philosophie la plus élevée ; c'est en même temps une conception littéraire assez haute, et qu'on ne rejette pas dans un coin avec dédain, parce qu'on n'a pas le droit de rejeter dans un coin la pensée, la vie d'un homme. Or cette œuvre est ma vie, et j'y rattache tout un avenir.

Monseigneur, ce que je vous demande avec instances, c'est de lire *vous-même* l'ouvrage, ou de permettre que je vous le lise. C'est un sacrifice d'une heure et demie au plus : c'est beaucoup sans doute au milieu de fonctions si élevées et d'une utilité tout autrement importantes. Mais il s'agit d'une justice à rendre et du sort d'un homme à décider. Me refuserez-vous cette faveur ?

J'ai l'honneur d'être, etc.

La réponse du ministre se fit attendre un mois. Mais, plus scrupuleux que ses prédécesseurs, il avait lu l'ouvrage. L'orgueilleux silence de M. de Martignac, la glaciale réponse de M. de Labourdonnaye furent remplacés par la lettre suivante qui tempérait par l'exquise convenance des formes l'impitoyable persévérance du refus.

## ✤ 14 ✤

13 mars 1830.

Monsieur,

Conformément au désir que vous m'avez témoigné par votre lettre du 12 février dernier, je me suis fait présenter votre drame de *Lazaro*, que j'ai lu avec beaucoup d'intérêt. Cet ouvrage est écrit avec chaleur, sensibilité et talent : je regrette donc vivement qu'il ne puisse être offert au public; mais les inconvénients du sujet sont d'une telle gravité qu'il ne m'est point permis de revenir sur la décision de mes prédécesseurs. Vous connaissez, monsieur, les motifs de cette décision, et vous paraissez avoir des sentiments trop élevés pour ne pas sacrifier à des considérations aussi puissantes l'espérance fondée d'un succès.

Agréez, monsieur, l'assurance de ma considération distinguée.

Le ministre secrétaire d'État au département de
l'intérieur,

MONTBEL.

Quelques mois après, la censure avait disparu avec le ministère, comme le ministère avec la dynastie.

La Comédie française mit la pièce à l'étude; mais je n'étais plus à Paris : les fonctions supérieures que l'Université m'avait confiées m'interdisaient la présence et les soins que réclamait la mise en scène de mon ouvrage. Mon ami M. Sauvage eut la bonté de me remplacer pour tous ces détails si onéreux, comme on sait, et si délicats.

La pièce fut jouée au mois d'octobre. Le théâtre était pauvre; il fit le moins de frais possible. Mais les acteurs s'acquittèrent fort habilement de leur tâche, surtout M. Beauvalet qui jouait le rôle de Lazaro. Les journaux m'apprirent que les applaudissements avaient éclaté du haut en bas de la salle.

Mais voici bien une autre affaire à laquelle je n'avais pas songé.

Ce bon M. Beauvalet était obligé de se peindre la figure et les mains, ainsi que M. Menjaud, qui jouait Iago. Or, M. Menjaud ne pouvait plus le lendemain paraître en jeune premier dans aucune pièce, ce qui entravait ses succès et taquinait son talent. Quant à

M. Beauvalet, il était au-dessus de ces misères ; mais M<sup>lle</sup> Brocard, qu'il saisissait le soir dans ses bras noircis, y perdait une robe blanche à chaque représentation.

D'où il résulta qu'après la 13<sup>e</sup>, je crois, on suspendit l'ouvrage au croc du répertoire ; et comme l'auteur, qui semblait avoir renoncé au théâtre, n'était plus là pour réclamer, on passa à d'autres exercices.

Et rien ne bougea dans les colonies, et MM. Hyde de Neuville, de Martignac, de Labourdonnaye et de Montbel purent dormir en paix.

Et la pièce aussi, et l'auteur, qui ne s'en soucie.

———

N. B. Quelques critiques m'ont reproché un langage trop figuré, un luxe de poésie que l'imagination de la race noire ne leur semble pas pouvoir atteindre. Le nègre, pour eux, c'est le pauvre esclave à qui l'on ne parle que français, et qui, de toute cette langue, qu'on se garde bien de lui enseigner par principes, ne connaît que ces formes : « *Maître commander à moi….. moi obéir à maître….. si moi pas obéir, maître battre moi…* » Et pourtant ils sont forcés de reconnaître que cette race a des passions bien autrement ardentes que les nôtres ; qu'un ciel de feu allume dans le cerveau et dans le cœur de ces hommes des incendies bien plus terribles, et qu'à défaut des sublimes mais glaciales abstractions dans lesquelles notre intelligence s'emprisonne, leur pensée doit s'élancer et se perdre dans de folles et brûlantes images. J'enverrais volontiers tous ces critiques au Congo, pour étudier la langue du pays, et ils me diraient au retour s'il n'y a pas, sous le plus humble toit de bambous, plus de poésie que sous le dôme de l'Institut.

Je prie ceux qui me feront l'honneur de lire ma pièce de remarquer : 1° que je ne me suis permis ce langage poétique, avec toutes ses images, que lorsque les nègres parlent entre eux. Alors c'est la langue de l'Axim ; alors l'Européen ne les comprendrait pas ; 2° que toute conversation entre un blanc et un noir est réduite à une extrême simplicité d'expression, ce qui suppose que le premier parle sa langue, à peine entendue de l'autre ; 3⁰ que le jeune Yago fait seul exception, parce que, dès son enfance, élevé avec la fille du colon, initié à l'instruction et à toutes les idées européennes, il peut revêtir ses passions africaines de toutes les formes de notre langage.

Si cette triple observation n'échappe pas au lecteur, je persisterai à renvoyer mes critiques au Congo.

G. O.

# LE NÈGRE

Drame en quatre actes, en vers.

*Représenté au théâtre Français, le    octobre 1830.*

# PERSONNAGES.

MENDOZE, colon portugais.

MARIE, sa fille.

GONZALÈS, contre-maître d'un bâtiment négrier.

PEDRO, nègre surveillant.

LAZARO, nègre esclave.

IAGO, son fils.

ZANTI, nègre nouvellement amené d'Afrique.

FERO,                     id.

Nègres et négresses, anciens esclaves.

Nègres, nouveaux esclaves.

Soldats.


La scène est dans une colonie portugaise.

# ACTE I.

---

Le Théâtre représente l'extérieur de l'habitation du Colon, sur le bord de la mer. Au fond à droite, est un bois de caféyers : plus loin, on aperçoit un rocher gigantesque, élevé en précipice au-dessus des flots. Soleil couchant.

## SCÈNE I.

MARIE, IAGO, Négresses.

(Marie est assise, à la porte de l'habitation, et entourée de négresses, qui travaillent sous ses yeux à des parures de noces. Iago paraît dans le fond, une fleur à la main, et s'arrête un moment pour comtempler Marie.)

MARIE, *se levant, aux négresses.*

Assez pour aujourd'hui : suspendons cet ouvrage ;

Le soleil descend sous les eaux.

Bientôt l'obscurité couvrira ce rivage :

Vos maris vont quitter leurs pénibles travaux.

(Les négresses se lèvent, et plient les étoffes.)

IAGO, *au fond, à part.*

Encor des étoffes nouvelles !

Encor des tissus précieux !
On ne m'a donc point fait de récits infidèles,
Et Marie à jamais s'éloigne de ces lieux !

MARIE, *aux négresses.*

Et puis, distinguez-vous cette voile lointaine
    Dont l'ombre s'étend vers nos bords ?
C'est un vaisseau qui vient de la rive africaine.
Mon père en ce moment prodigue ses trésors
    Pour acheter les nègres qu'il amène.
Bientôt des compagnons plus jeunes et plus forts
Vont en la partageant adoucir votre peine.
    Et, pour vous laisser le loisir
    De vous parler, de vous connaître,
Demain pas de travail : Mendoze, votre maître,
    Donne tout un jour au plaisir.

(Elle fait signes aux négresses, qui rentrent dans l'habitation,
emportant les étoffes.)

(Apercevant Iago, qui s'approche et lui présente sa fleur.)

C'est toi, bon Iago ?... Toujours ma fleur chérie !

(Elle lui montre la pareille à son côté.)

Mais tiens, celle d'hier n'est point encor flétrie,
    Je te sais gré de tes soins assidus ;
Mais l'air est si brûlant, et ces rochers si nus !

IAGO.

D'aller cueillir ces fleurs il faut que je me presse ;
Le pauvre esclave à sa jeune maîtresse
Bientôt n'en apportera plus.

MARIE.

Pourquoi? jusqu'à l'hiver peut-être
Nous compterons encor quelques beaux jours.

IAGO.

Ah ! les beaux jours vont disparaître.

MARIE.

Pour deux mois.

IAGO.

Oh non, pour toujours.

MARIE.

Comment ?

IAGO.

La récolte prochaine
En ces lieux ne doit pas vous voir.

Pour écouter nos chants du soir,
Avec Mendoze au pied du chêne
Vous ne viendrez plus vous asseoir.

MARIE.

Qui te l'a dit?

IAGO.

Dans nos campagnes
Aucun mortel n'était digne de vous.
Vous allez chercher un époux
De l'autre côté des montagnes.

MARIE.

Cela t'afflige?

IAGO.

Hélas! quand je vous perds,
Je m'aperçois que je porte des fers.

MARIE.

Des fers, Iago? quel langage!
Qui de ton sort n'envierait la douceur?
Élevé par ma mère, avec moi, ton jeune âge
A-t-il jamais senti le poids de l'esclavage?

Ton maître est un ami, ta maîtresse une sœur...

### IAGO.

Oui, je le sais, près de vous mon enfance
Bégaya ce nom bien-aimé.
Mais dans mon cœur une austère défense
Depuis longtemps l'a renfermé.

### MARIE.

Il est un âge où l'on ignore
Les rangs marqués pour l'avenir.
Et, crois-moi, de cet âge encore
Je conserve le souvenir.

### IAGO.

Vous nous quittez !...

### MARIE.

Écoute, ami ; je vais t'apprendre
Le dessein que j'avais formé :
Mon père ne l'a point blâmé,
Et de toi seul il va dépendre.

On t'a dit vrai ; bientôt je quitterai ces lieux :

Un jeune homme, un Anglais, après de longs voyages,
Est venu s'établir non loin de ces rivages ;

Il a sur moi jeté les yeux.
Je l'ai vu, son amour ne m'a point offensée,
Mon père m'a promise, et je suis fiancée ;
Je t'épargne un détail sans intérêt pour toi.
Des cent nègres nouveaux, que va chercher Mendoze,
La moitié fait ma dot... Eh bien ! je te propose
De venir avec eux demeurer près de moi.

IAGO.

Demeurer près de vous ! quoi ! je pourrais vous suivre,
Vous dont un seul regard, un sourire flatteur
Éclaire mes esprits et fait battre mon cœur ;

Vous dont le souffle est l'air qui me fait vivre !
J'en atteste ce Dieu dont les soins paternels,
Aussi près de la vôtre ont placé ma naissance,

Mais dont les décrets éternels,
En vous léguant l'empire, à moi l'obéissance,
Étonnèrent longtemps ma naïve innocence ;
Vous servir à jamais, recevoir à genoux
Comme une loi suprême une légère envie ;
Attendre d'un seul mot, d'un seul geste de vous

Et ma pensée, et ma force, et ma vie,

C'est mon vœu le plus cher, c'est mon bien le plus doux !

Je suis né votre esclave ; et cette ombre mobile

Que le gazon voit voler sur vos pas,

Elle est moins prompte, moins docile,

Moins fidèle... Et pourtant, je ne vous suivrai pas.

MARIE.

Dieu ! qu'entends-je ?

IAGO.

Ordonnez : j'obéirai sur l'heure ;

Les motifs les plus saints seront tous oubliés ;

La terre que foulent vos pieds

Sera ma couche, ma demeure.

Dites, voulez-vous que je meure ?

Du haut de ce rocher, voulez-vous qu'à l'instant

Sur les récifs j'aille briser ma tête ?

Faites un signe, il n'est rien qui m'arrête :

Vous l'aurez désiré, j'y cours, je suis content.

Mais si vous me laissez régler ma destinée,

Si je puis disposer de moi,

Je ne vous suivrai pas.

MARIE.

Me diras-tu pourquoi?

IAGO.

A ce sol pour toujours ma vie est enchaînée.

MARIE.

Que peux-tu donc aimer ici?

IAGO.

Mes souvenirs.

MARIE.

Auprès de moi, leur empreinte légère
S'effacera bientôt sous de nouveaux plaisirs.

IAGO.

Il n'est point de plaisir sur la rive étrangère.

MARIE.

Ingrat, mon amitié, qui compte plus d'un jour,
Avec les lieux changera-t-elle?

IAGO.

Ah! dans votre nouveau séjour,
Plus d'objet qui vous la rappelle:

Vous ne me direz plus comme hier : « Le voilà

« Ce bois de cocotiers, dont le large feuillage

« Souvent nous garantit des fureurs de l'orage,

« Contre les feux du jour plus souvent nous voila.

« Le vois-tu ce rocher dont nous touchions la cime,

  « Et dont j'écoutais en tremblant

  « La chute du débris roulant

  « Que ta main poussait dans l'abîme?

« C'est là que tu pleurais, dans ton dépit jaloux,

« Quand d'un prix inégal payant nos gentillesses,

« Ma mère trop longtemps prolongeait ses caresses,

  « En me pressant sur ses genoux.

  « C'est là que des peuplades noires

« Au coucher du soleil, dans la belle saison,

« Ton père avec transport nous contait les histoires,

« Avant qu'un long vertige eût troublé sa raison...»

Là-bas, plus rien à voir, plus rien à reconnaître ;

Là-bas, autour de moi, les échos seront sourds...

Des travaux, du soleil, des esclaves, un maître...

Vous serez bonne encor, vous le serez toujours,

  Mais lui sera méchant peut-être...

MARIE.

Iago, qu'as-tu dit ? Sous de sévères lois

Crois-tu que je voudrais abaisser ton courage ?

    Celui qu'a distingué mon choix

Ne peut être un barbare ; et ce doute m'outrage.

IAGO.

O maîtresse ! excusez des soupçons bien permis

    A mon ardente inquiétude :

Celui qui près de vous chérit la servitude,

A d'autres volontés ne peut rester soumis.

    Le maître le plus débonnaire

Ne verra plus en moi qu'un esclave ordinaire.

La peur du châtiment ne peut me retenir,

Je désobéirais... s'il osait me punir !...

MARIE.

Imprudent ! que voudrais-tu faire ?

IAGO.

    Pardon, mais vous m'avez appris

A ne confondre plus la force et la justice.

    Vous avez dans mon cœur novice

Déposé des trésors dont j'ignorais le prix.

Il fallait me laisser dans la foule stupide

Qui se traîne en chantant sur vos pas souverains :
Il fallait ne pas mettre en mes brûlantes mains,
Ne jamais faire entendre à mon oreille avide
  Ces livres, dont la voix perfide
  Me racontait tous les droits des humains.
  Je m'enivrais de leurs douces paroles,
   Et ces tableaux sans vérité,
Jusque dans mon sommeil, de leurs ombres frivoles
   Poursuivaient mon œil enchanté.
   Au réveil, sous votre puissance
   Je revenais avec fierté :
   Là je sentais ma volonté,
C'était toujours la vôtre ; et mon obéissance
   Me semblait de la liberté...
Mais un autre pouvoir ne saurait me contraindre.

MARIE.

 Iago, tu n'as rien à craindre;
Tu me serviras seule, et non pas mon époux.

IAGO.

Peut-être il en sera jaloux.

MARIE.

Insensé, tu me fais sourire.

Il est d'autres motifs que tu ne veux pas dire.

IAGO.

Et mon père, grand Dieu! mon père infortuné,
Dont la raison de plus en plus s'altère !
Que fera-t-il, souffrant et solitaire,
Quand nous l'aurons abandonné?

MARIE.

Le mien soignera sa vieillesse.

IAGO.

Ah! lui parlera-t-il de ce qui l'intéresse?
Lui remettra-t-il sous les yeux
Les souvenirs de sa jeunesse
Et le pays de ses aïeux?
Ce langage, le seul qu'il puisse encor comprendre,
Quand nous serons sous d'autres cieux
Qui voudra le lui faire entendre?

MARIE.

Eh bien! qu'il vienne habiter avec nous.

IAGO.

Lui ! Je craindrais d'irriter son courroux

Si je lui proposais d'aller loin de la terre
Où sont ensevelis les restes de ma mère.

(Apercevant Lazaro.)

Mais si vous l'ordonnez, je vais l'interroger ;
Il vient.

### MARIE.

Non ; à cette heure il faut le ménager ;
Chaque jour, tu le sais, l'approche des ténèbres
Tourmente son esprit de visions funèbres.

### IAGO.

C'est l'instant où ma mère expira dans ses bras.
Un souvenir affreux semble attiser encore
Le feu caché qui le dévore.

## SCÈNE II.

### LES PRÉCÉDENTS, LAZARO.

(Il traverse la scène dans le fond, à pas lents. Son œil est fixe ; son
regard sombre. Un rire stupide paraît de temps en temps sur son
visage.)

### MARIE.

Où vas-tu, Lazaro ?

LAZARO.

J'ai bien chaud; je suis las.

MARIE.

Viens t'asseoir près de nous.

LAZARO.

Il faut que je m'en aille ;
Voici la nuit ; demain, on veut que je travaille.

MARIE.

Non, tous les noirs se reposent demain.
Viens t'asseoir... Iago, va lui chercher du vin.

(Iago entre dans l'habitation: Marie soutient Lazaro, et l'amène près
d'un banc de gazon, où elle le fait asseoir.)


## SCÈNE III.

LES PRÉCÉDENTS, *excepté* IAGO.

MARIE.

Tes fatigues bientôt finiront.

LAZARO.

Je l'espère.

MARIE.

Les esclaves nouveaux que ramène mon père
De leurs bras vigoureux vont te prêter l'appui.
As-tu vu le vaisseau qui nous les apporte ?

LAZARO, *souriant*.

Oui.

MARIE.

Il vient de ton pays : tu vas trouver des frères,
Dont l'entretien, dissipant tes ennuis,
Pourra rendre à tes yeux séduits
Le beau rivage de tes pères,
Des vergers de Sabi les tranquilles berceaux,
Ses bourgades sans fin l'une à l'autre enchaînées,
Et leurs cabanes de roseaux
D'un toit de palmiers couronnées ;
Tu pourras avec eux redire ces chansons,
Ces refrains si naïfs que tes vieux compagnons
Ont oubliés depuis bien des années.

## SCÈNE IV.

LES PRÉCÉDENTS ; IAGO, *apportant du vin.*

MARIE, *à Lazaro, en lui donnant un verre avec du vin.*

Tiens, apaise ta soif.

LAZARO, *avec une joie stupide.*

Du vin ?

MARIE.

Es-tu content ?

LAZARO, *prenant le verre, et le regardant avec horreur.*

Du vin !... (A part.) Si tu savais le destin qui t'attend !

IAGO, *à Marie.*

La nuit vient ; son esprit de plus en plus s'égare.

MARIE, *à Lazaro.*

Eh bien ! quelle frayeur de ton âme s'empare ?
Lazaro, c'est du vin, bois !

LAZARO, *après avoir bu.*

Toujours des bienfaits !

**MARIE.**

Me reprocherais-tu le bien que je te fais?

**LAZARO,** *regardant la mer.*

Des feux rouges du soir l'Océan se colore :
Demain le vent soufflera dès l'aurore.
(Il rend le verre.)
Je suis content... ces nègres vont venir?

**IAGO,** *dans le fond.*

Oui, je vois le canot qui s'avance dans l'ombre.

**MARIE,** *regardant aussi.*

A peine il peut les contenir.

**LAZARO.**

Il est trop grand.

**IAGO.**

Mon père, il fléchit sous leur nombre.

## SCÈNE V.

LES PRÉCÉDENTS, PEDRO.

**PEDRO,** *à Lazaro.*

Que fais-tu là? c'est l'heure du repos ;

Les nègres sont rentrés, et les cases fermées.

Pourquoi venir, dans cet enclos,

De tes plaintes accoutumées

Nous étourdir à tout propos?

(Lazaro le regarde d'un air stupide.)

MARIE.

Pedro, sois indulgent.

PEDRO.

Je le suis trop peut-être.

MARIE.

Épargne le pauvre insensé.

PEDRO.

Il ne l'est pas autant qu'il voudrait le paraître.

MARIE.

Comment! tu sais bien que le maître

D'un long travail l'a dispensé.

PEDRO.

Il ne fait rien.

IAGO.

Tu mens; il revient harassé.

PEDRO, *à Iago.*

Jeune homme !...

MARIE.

Finissons ; ces querelles m'outragent.

PEDRO, *montrant Lazaro.*

A me désobéir vos bontés l'encouragent.

(A Lazaro.)

Allons, que l'on m'écoute, et qu'on suive mes pas.

IAGO, *à Pedro.*

Tu vois bien qu'il t'écoute et ne te comprend pas.

MARIE.

Je te rends grâces de ton zèle,
Pedro, j'y reconnais un serviteur fidèle ;
 Mais laisse-moi choisir selon mon gré
 Celui que je protégerai.
Lazaro, cette fois, et c'est moi qui l'ordonne,
N'ira point reposer dans son triste réduit ;
 Et dans l'enceinte qu'on leur donne
Avec les nouveaux noirs il passera la nuit.

IAGO, *à part.*

C'est pour le consoler : que ma maîtresse est bonne!

PEDRO, *regardant du côté de la mer.*

Ah ! les voici : je viens de voir
Le grand canot toucher la rive.

(A Lazaro.)

Tu m'attendras. Je vais les recevoir.

(Il sort.)

MARIE.

Iago, sans doute un convive
Avec mon père nous arrive;
Viens dresser la table du soir.

(Elle entre dans l'habitation avec Iago.)


## SCÈNE VI.

LAZARO, *seul.*

Je l'ai vu cette nuit, je l'ai vu dans un rêve
Le serpent qui sait l'avenir.
Il m'a dit : « Tes maux vont finir,
« Et ton esclavage s'achève. »

Le voici, le jour que j'attends,

Que j'appelle depuis quinze ans!

Ce jour dont l'époque voilée

Troublait ma raison désolée....

Je suis fou, disent ils... oui, je suis fou... c'est bon :

Demain... j'aurai repris ma force et ma raison.

(Il regarde du côté de la mer.)

Les voilà débarqués, ces malheureux esclaves;

Ils bondissent de joie : on brise leurs entraves;

Ils peuvent à la fin se servir de leurs bras,

Respirer un air pur, et marcher quelques pas...

Oui, chantez, chantez l'esclavage!

Élevez vos mains vers les cieux !

Bientôt vos fronts silencieux

Seront courbés sur ce rivage....

A l'ouvrage! noirs, à l'ouvrage!

Entendez-vous déjà cette insolente voix?

C'est celle de Pedro... Mais quelle ardeur si prompte?

N'accourez pas tous à la fois;

Il faut bien que Pedro vous compte.

Ne levez pas la tête en passant près de lui :

Qu'importe au maître qui nous sommes?

Ce que Mendoze veut, ce qu'il paye aujcurd'hui,

Ce sont des bras, non pas des hommes.

Mais il vient : quel est donc l'étranger qu'il conduit?

Sans doute un des brigands qui vendent notre race.

Que vois-je? un nègre les poursuit,

Il les aborde.... quelle audace !

## SCÈNE VII.

LE PRÉCÉDENT, MENDOZE, GONZALÈS, PEDRO, ZANTI,
NÈGRES *nouvellement débarqués, dans le fond.*

MENDOZE *à Zanti.*

Laisse-nous.

ZANTI.

Donnez–moi ma fille.

MENDOZE.

Laisse-nous.

ZANTI.

Ma fille !

MENDOZE.

Va-t'en donc.

ZANTI, *se jetant à ses pieds.*

Je l'implore à genoux.

GONZALÈS, *à Mendoze.*

Je la prendrais, à votre place.

MENDOZE.

Eh! que voulez-vous que j'en fasse?
C'est de l'argent perdu : quel maître ferait cas
D'une enfant de quinze ans, faible et presque mourante?
Voyons; voulez-vous dix ducats ?

GONZALÈS.

Non; mon capitaine en veut trente.

MENDOZE.

C'est trop cher.

ZANTI.

O mon Dieu! ma fille va mourir!

GONZALÈS, *à Mendoze.*

Vous avez tort.

MENDOZE.

Une fille chétive !...
Au poids de l'or faudra-t-il acquérir
Le soin de ménager sa jeunesse inactive
Et l'embarras de la nourrir ?
Finissons ; vingt ducats.

GONZALÈS.

Je ne puis rien entendre.

ZANTI.

Ma fille !

MENDOZE, à *Zanti.*

Tu vois bien qu'il ne veut pas la vendre.
Va-t'en.
(A Gonzalès.)

Je les connais : il a les sens émus,
Demain il n'y songera plus.

(A Lazaro, qui pendant cette scène observait Zanti.)

Écoute, Lazaro : tâche de le distraire.

(Lazaro le regarde d'un air hébété.)

Vois-tu ce noir ? c'est ton ami, ton frère ;
Il est triste, il a de l'ennui :

Veux-tu le consoler par quelque chanson?

**LAZARO,** *stupidement.*

Oui.

**MENDOZE,** *aux nouveaux esclaves.*

Ecoutez Lazaro; point de mélancolie,

Point de douleur que l'on n'oublie

Du moment qu'il aura parlé :

Il a l'esprit un peu troublé,

Mais c'est une heureuse folie.

(Il passe en revue ses nouveaux esclaves, les examine en détail, avec
Pedro, et dit à part:)

J'ai fait un bon marché : ces esclaves sont grands,

Ils sont jeunes; leurs corps résisteront dix ans.

(Il fait signe à Pedro, qui emmène tous les Noirs.)

## SCÈNE VIII.

**MENDOZE, GONZALÈS.**

**GONZALÈS.**

Enfin nous pouvons dire : affaires terminées.

Mais il ne fallait pas disputer sur le prix.

MENDOZE.

Quoi! cent noirs, deux mille guinées!
C'est déjà bien assez.

GONZALÈS.

Vous en êtes surpris!
Songez donc que les rois d'Angleterre et de France,
En défendant la traite à leurs sujets,
Ont merveilleusement secondé nos projets;
Ils ont détruit la concurrence.

MENDOZE.

Mais pourquoi tenez-vous dans la cale enchaînés
Les malheureux que vous nous amenez?

GONZALÈS.

Ne vous en plaignez pas : par cette prévoyance
Nous assurons votre tranquillité.
Plus nous les retenons avec sévérité,
Plus vous pouvez compter sur leur obéissance :
Près de vous la captivité
Leur semble de l'indépendance.

MENDOZE.

Oui, mais vous épuisez leurs corps,
Vous abrutissez leur pensée;
Et dans très-peu de temps, lorsqu'ils ne sont pas morts,
C'est une troupe inactive, insensée,
Qui nous a coûté des trésors
Et ne rapporte rien.

GONZALÈS.

Mais que voulez-vous faire?
Si c'était une race un peu plus débonnaire,
On pourrait sans les maltraiter
Les conquérir et les dompter.

MENDOZE.

Gonzalès, croyez-moi : depuis bien des années
Que de cent familles de noirs
Je tiens en main les destinées,
Pour les fixer à leurs devoirs
J'ai tout mis en usage : épouvante, supplice,
Promesses, récompense, humanité, justice...
Tous ceux que j'ai punis en mourant m'ont bravé,
Ou leur vigueur tout à coup s'est flétrie :

Dans cinq ans de douceur j'en ai plus conservé
Que dans vingt ans de barbarie.


GONZALÈS.

Pourtant mon capitaine assure, et je le crois,
Qu'ils joignent la ruse à l'audace,
Et que s'ils ne tremblaient au son de notre voix,
Ils sauraient se venger.


MENDOZE.

Mettez-vous à leur place :
Au sein de leur pays vous allez les ravir ;
Vous prenez les enfants...


GONZALÈS.

Les petits.


MENDOZE.

...A leurs pères ;
Jusque dans leurs foyers...


GONZALÈS.

Dites dans leurs repaires.

**MENDOZE.**

Pourtant le même Dieu les a faits...

**GONZALÈS.**

       Pour servir.
  Demandez à mon capitaine ;
Il vous dira : ce bœuf qui sillonne à pas lents
   Et féconde votre domaine,
C'est pour vous qu'il est fait : ce cheval qui promène
Dans des chars suspendus vos membres indolents,
C'est pour vous. Bénissez la bonté souveraine
   Qui pour le Lapon fit le renne,
Le chameau pour l'Arabe, et les noirs pour les blancs.

**MENDOZE.**

  C'est une erreur, Gonzalès, je vous jure :
Un nègre est comme vous un homme; et l'on peut voir
   Que s'il n'a pas notre figure,
Il a nos sentiments.

**GONZALÈS.**

   Il paraît les avoir :
Par exemple, il s'attache à sa progéniture.

MENDOZE.

Eh bien?...

GONZALÈS.

C'est un instinct, un besoin de nature.

MENDOZE.

Ce sont là de grands mots qui ne nous prouvent rien.

GONZALÈS.

Je n'ai pas assez de science
Pour soutenir cet entretien;
Mais je voudrais vous voir un moment en présence
Avec mon capitaine : il vous montrerait...

MENDOZE.

Bon!
Qu'il a des fers, des sabres, du canon ;
Ces motifs, il est vrai, sont faits pour me confondre!

GONZALÈS.

Vous riez; mais, seigneur, qu'auriez-vous à répondre,
Si l'on vous demandait en vertu de quels droits

Vous retenez ces hommes sous vos lois,

Vous qui les appelez vos frères?

MENDOZE.

Le monde, Gonzalès, est rempli de mystères :

Si le corbeau vaincu demandait au vautour :

«Pourquoi me déchirer?...» — «Ma race est la plus forte, »

Répondrait celui-ci : « que la tienne l'emporte,

Et qu'on me déchire à mon tour. »

## SCÈNE IX.

(Nuit.)

Les précédents; IAGO, *sortant de l'habitation*, LAZARO,
*s'avançant furtivement dans le fond.*

IAGO.

Maître, venez souper, votre table est servie.

MENDOZE.

Entrons.

(Il fait passer Gonzalès, et entre après lui.)

LAZARO, *saisissant la main d'Iago qui va pour suivre
son maître.*
(Bas.)

Au point du jour, en secret, tu viendras

Sur ce rocher.

4

IAGO.

Pourquoi?

LAZARO.

Demain tu le sauras.
Silence ! il y va de ma vie !

(Il s'enfuit, Iago entre dans l'habitation.)

FIN DU PREMIER ACTE.

# ACTE II.

---

Le Théâtre représente le sommet du rocher qu'on a vu de loin au premier acte. Le sol s'élève insensiblement jusqu'au fond de la scène, où il est coupé tout-à-coup par un précipice, derrière lequel on n'aperçoit que le ciel. L'œil du spectateur doit juger qu'il est placé à une hauteur immense. On n'entre sur le théâtre qu'en montant. Lever de soleil.

## SCÈNE I.

### IAGO, *seul.*

(Il entre en regardant de tous côtés.)

Il n'est pas là ; pourquoi m'a-t-il donc appelé
Sur ce rocher désert, au lever de l'aurore?...
　　Toute la nuit son accent m'a troublé ;
　　　Mon oreille en frémit encore.
　　Ce n'était plus ce son de voix furtif,
　　　Organe impuissant et craintif
　　　De son incomplète pensée :
Sa raison d'un grand poids semblait débarrassée ;
　　　C'était le langage absolu
　　　D'un esprit ferme et résolu...

Qu'entends-je? un bruit de pas retentit et s'avance...
Derrière le feuillage un front noir se balance...
Ce n'est pas lui... deux... trois... encore? ils sont nombreux ;
Mon père n'est point avec eux.
Tenons-nous à l'écart.

(Il se met derrière un mur.)


## SCÈNE II.

IAGO, ZANTI, FÉRO, Nègres.


FÉRO, *s'élançant sur la scène.*

Ah ! voici la lumière !
O soleil, ô ciel pur, enfin je te revois !
Et cette aurore est la première
Qui s'offre à nous depuis deux mois !
Les clartés d'un beau jour inondent ma paupière !


ZANTI.

Féro, crains de bénir le soleil des méchants :
Il n'a point de clartés, point de chaleurs fécondes
Comme celui que par-delà ces ondes
Saluaient au matin nos danses et nos chants.

Ce soleil, moi, je le déteste :
Il va bientôt sur nos fronts épuisés
    Par une culture funeste
    Darder ses rayons embrasés;
    Autour de ces tristes demeures
    Promenant d'éternelles heures,
Il va par des chagrins marquer tous nos moments,
    Tant qu'à la fin le gazon de ces rives
    Étouffe de nos voix plaintives
    Les importuns gémissements.

FÉRO, *bas à Zanti.*

Nous ne sommes pas seuls.

ZANTI.

Comment ?

FÉRO.

On nous écoute.
Au nom du ciel, Zanti, parle plus bas.

(Montrant Iago.)

Vois-tu ce noir que je connais pas ?

(Les Nègres se resserrent autour de Zanti.)

**ZANTI.**

Il vient nous épier sans doute.

**FÉRO.**

Allons-nous-en.

(Iago s'approche.)

**ZANTI.**

Vers nous il dirige ses pas.

**IAGO.**

Amis, ne craignez rien ; je suis un de vos frères,
Esclave, comme vous, de Mendoze.

**ZANTI.**

Ton nom ?

**IAGO.**

Iago.

**ZANTI.**

Ce n'est point un mot d'Afrique.

IAGO.

Non.

Mais on perd tout ici, jusqu'au nom de ses pères.

ZANTI.

Quoi ! je ne serai plus Zanti ?

IAGO.

Tu n'es plus rien :
Il faut à tous les droits que ta fierté renonce ;
Tu seras Domingo, si ton maître prononce
Que ce nom doit être le tien.

ZANTI.

Quelle injure !

IAGO.

Il faudra la souffrir, et se taire.

FÉRO.

Dis-moi : nous permet-on quelquefois d'accourir
Jusqu'à ce sommet solitaire?

IAGO.

Aujourd'hui seulement : toujours il faut ouvrir,
Arroser, dépouiller la terre;
Et l'on ne vient ici que pour mourir.

ZANTI.

Que dis-tu? c'est ici...

IAGO.

C'est le lieu du supplice :
Le nègre, un moment révolté,
Par la main d'un bourreau, sans appel, est jeté
Dans le fond de ce précipice.

(Les nègres vont au fond et se penchent vers l'abîme avec des gestes
d'effroi.)

ZANTI.

Quelle horreur ! Le vieux fou veut-il nous insulter
Lorsque sur cette roche il nous dit de monter?

IAGO.

Qui ? mon père, grand Dieu !

FÉRO.

Lazaro ; c'est ton père ?

IAGO.

Oui.

ZANTI.

De ce rendez-vous connais-tu le mystère ?

FÉRO.

S'il cachait une trahison ?

IAGO.

L'infortuné vieillard a perdu la raison.

ZANTI.

Écoute : cette nuit, comme un malin génie
Il se plaisait à nous interroger,
A nous plaindre, à nous outrager
Par une insultante ironie.
Pourquoi troubler notre repos

Par les récits de son enfance ?

Pourquoi venir à tout propos

Nous peindre de ces lieux la paix et l'abondance ?

Pourquoi ces rires insolents

Quand nous parlions de nos misères ;

Et ces chants qui vantaient les vertus de nos pères,

Et la force des noirs, et la douceur des blancs ?

Oui, Lazaro cache un dessein funeste ;

A qui ? Je n'ai pu le juger :

Mais il veut nous trahir, ou songe à nous venger.

FÉRO.

Tiens, le voici lui-même ; il nous dira le reste.

## SCÈNE III.

LES PRÉCÉDENTS ; LAZARO.

LAZARO.

Avez-vous d'un beau jour salué le réveil ?

N'est-ce pas qu'un air pur vous donne du courage ?

Le soleil est brillant ; jouissez du soleil ;

Il peut se coucher dans l'orage.

IAGO.

Que veut-il dire?

LAZARO.

Avez-vous admiré
Ces masses de rochers dans les airs suspendues ?

ZANTI.

Nous avons vu l'abîme à la mort consacré.

LAZARO.

Et ces immenses mers à vos pieds étendues?

ZANTI.

Ces mers!.. il est là-bas, ce pays tant pleuré!..
Le voici près de nous, l'exécrable navire
Qui nous amena sur ces bords ;
C'est là que ma fille respire,
C'est là que mes frères sont morts.

LAZARO.

Avez-vous contemplé cet immense domaine?

FÉRO.

Je ne veux rien savoir de la terre des blancs.

ZANTI.

Qu'importe la rive où je traîne,
Mon corps mutilé par la chaîne,
Déchiré par les fouets sanglants ?

LAZARO.

Les blancs vous ont donc fait bien du mal ?

ZANTI.

                    Misérable,
T'auraient-ils fait du bien ?

LAZARO.

              Oui : voyez ces vallons :
Là, j'ai tracé, d'un bras infatigable,
Pendant quinze ans, de pénibles sillons :
Le front courbé sur des glèbes humides,
Tout dégouttant de sueurs homicides,

D'un sol empoisonné respirant les vapeurs,

    L'œil sans regard, la poitrine oppressée,

J'ai senti quelquefois, dans de longues stupeurs,

En mon cerveau brûlant s'arrêter la pensée.

Alors le fouet vengeur qui sillonnait mes chairs

    Par la douleur me rendait à la vie :

Le jour se rallumait en rapides éclairs ;

    J'en jouissais, mon âme était ravie :

      Une stupide volupté

      Me faisait chérir la souffrance ;

      Je l'aimais comme l'espérance

      D'une prochaine liberté.

Plus le maître était dur, le supplice barbare,

    Plus mon courage en triomphait.

    Voilà le seul bien qu'on m'a fait,

    Voilà le seul qu'on vous prépare.

ZANTI.

Après tant de travaux, je ne suis point surpris

    De la maigreur qui te dévore.

LAZARO.

Laissez les blancs sourire à ces membres flétris ;

Dans mes bras décharnés la force vit encore.

ZANTI.

Ta raison n'a donc pas tout-à-fait disparu ?

LAZARO, *avec fureur*.

On vous l'a dit !.. vous l'avez cru !
Eh bien, regardez-moi : voyez-vous ma pensée,
Mon âme tout entière en mes yeux élancée ?
Pouvez-vous soutenir leurs éclairs menaçants ?
Entendez-vous ces rapides accents
Qui se pressent déjà sur mes lèvres tremblantes ?
Touchez, touchez ces mains brûlantes :
Sentez-vous mon pouls battre, et mon sang irrité
En flots tumultueux bouillonner dans mes veines ?
Appuyez sur ce cœur par la fièvre agité ;
Le sentez-vous bondir comme un tigre indompté
Qui mord et va briser ses chaînes ?
Dites, qu'est devenu celui que vos mépris
Ont tout-à-l'heure accusé de démence ?

(A son fils.)

Et toi, depuis dix ans tu ne m'as pas compris ?

IAGO.

O mon père, je suis épouvanté...

LAZARO.

Silence !
N'allons pas dissiper des moments précieux :
Dans une heure, Iago, tu me connaîtras mieux.

(Aux Nègres.)

Quel est votre pays?

FÉRO.

Le Juïda.

LAZARO.

Patrie !
Depuis qu'on m'arracha de ta rive chérie,
J'entends ton nom sacré pour la première fois.

ZANTI.

Tu naquis parmi nous ?

LAZARO.

Oui, du sang de vos rois.
Du tyran de Benin les rapides conquêtes
Ravagèrent nos faibles bords,
Et vendirent aux blancs, pour d'ignobles trésors,
Nos champs, nos palais et nos têtes.
Mais laissons là les maux que j'ai soufferts,
Ce n'est point par pitié que j'écoute les vôtres.
Je veux savoir s'il faut vous en éviter d'autres,
Et si vous méritez que je brise vos fers.
Contez-moi vos malheurs.

ZANTI.

Ah ! dis nos imprudences!
C'est au milieu des chansons et des danses,
C'est dans l'ivresse des festins
Que la rage des blancs a changé nos destins.
Ils sont venus, poussés par le vent des tempêtes :
Nous les avons reçus dans les jeux, dans les fêtes :
Ils nous versaient je ne sais quel poison
Qui plaît à la bouche irritée,
Et va dans la tête exaltée

Troubler les sens et la raison.

Bientôt notre âme est engourdie

Dans ce sommeil pesant qui ressemble au trépas :

La nuit vient, le vent souffle ; un horrible incendie

Sur nos toits de roseaux mugit avec fracas.

Surpris, enchaînés par les traîtres,

Au bruit des cris victorieux

Que leur féroce joie exhalait vers les cieux,

Nous nous réveillons tous ; mais nous avions des maîtres...

Je crois sentir encor l'empreinte de mes fers,

Comme un cercle de feu qui consume mes chairs;

Je vois la flamme éclairer le rivage;

Je vois ses lugubres lueurs

S'effacer par degrés sur le pâle visage

De nos infâmes ravisseurs,

Et nous suivant de plaintives clameurs

L'ombre de nos vieillards s'allonger sur la plage.

Je vois le navire odieux

Balancé devant moi comme un fantôme immense,

L'échelle s'agiter sous mes pas furieux,

L'ancre se lever en silence,

Et l'horizon des mers s'effacer dans les cieux.

Heureux qui dans les flots sut terminer ses peines !

Pour nous, dans un hideux séjour,
L'un sur l'autre entassés, nous appelions le jour...
Il vint ; plus de soleil... des clartés incertaines
    Nous annoncèrent son retour.
Bientôt l'air se chargea de vapeurs accablantes :
Notre corps s'affaissait sur nos jambes tremblantes :
Soulevant notre sein comme un énorme poids,
Notre haleine au dehors allait mourir sans voix...
Nous attendions la mort : un peu de nourriture
Ranimait quelquefois notre corps abattu...
Un jour elle cessa ; Lazaro, croiras-tu?...
Je ne puis achever ce récit... la nature
Rejette avec horreur cette affreuse peinture.

LAZARO.

Tu trembles de parler !

ZANTI.

    Aux clartés d'un flambeau
Je vis ces hommes sanguinaires
Prendre au hasard, comme en un vil troupeau,
    Deux d'entre nous... c'étaient mes frères !
Je les vis massacrer : pardonne si ma voix

S'altère en retraçant des scènes révoltantes :
Nous étions là deux cents : la hache deux cents fois
    Divisa leurs chairs palpitantes :
    Et dans un horrible repas
Il fallut que chacun...

LAZARO.

    Tais-toi, n'achève pas !
Vous êtes dignes de m'entendre :
Avec vous, je le sens, je puis tout entreprendre.
Le temps presse : invité pour le repas du jour,
Gonzalès va s'asseoir à la table du maître :
    Au coucher du soleil, peut-être,
    Il aura marqué son retour.
    Eh bien ! si vous voulez me suivre,
    Si vous m'engagez votre foi...

ZANTI.

Que feras-tu ?

LAZARO.

Je vous délivre.

FÉRO.

Par quel moyen ?

## LAZARO.

Écoutez-moi.

A l'heure où sur nos fronts l'astre brûlant s'élève,

Quand vous verrez se rapprocher,

Puis se dessiner sur la grève

L'ombre immense de ce rocher ;

Accourez tous sur le rivage :

Dans la barque des ennemis

Élançons-nous avec courage ;

Sans doute ils seront endormis.

(A Zanti.)

Toi, tu couperas le cordage :

(A Iago.)

Toi, déploieras la voile.

(Aux autres.)

Vous,

Vous percerez de mille coups

Et jetterez dans l'onde avide

Les lâches armés contre nous.

Pour moi, d'une rame intrépide

Frappant l'océan furieux,

Je saurai d'un bord homicide
Dérober l'aspect à vos yeux.

#### FÉRO.

Où nous conduiras-tu?

#### LAZARO.

N'importe dans quels lieux :
Sur quelque rive solitaire,
Où l'on respire avec fierté
Les parfums qu'exhale la terre
Dans l'air pur de la liberté.

#### ZANTI.

Mais qui nous donnera des armes?

#### LAZARO.

Moi.

#### FÉRO.

Des vivres?

LAZARO.

Moi.

ZANTI.

Mais ces matelots?

LAZARO.

Eh bien, ils seront ivres,
Ils dormiront.

ZANTI.

Mais si, par leurs cris attiré ;
Mendoze...

LAZARO.

Je vous dis que j'ai tout préparé :
Il ne sortira pas.

ZANTI.

Comment?

FÉRO.

Pédro?...

IAGO.

Marie?...

FÉRO.

Gonzalès?...

LAZARO.

J'ai juré de revoir ma patrie,
De me venger. Ce vœu, nourri depuis quinze ans,
A de toute ma vie absorbé les instants;
Si vous saviez!...Mais non; que vous font mes souffrances,
    Et mes projets, et mes vengeances?
Je ne vous dis qu'un mot : à l'heure du repas
Rendez-vous au rivage, et hâtons notre fuite.

ZANTI.

Mais tu n'entends donc point? et Mendoze, et sa suite?..

LAZARO.

Mendoze? encore un coup, il ne sortira pas :
     ( Il les contemple un moment.)
Consentez-vous?

TOUS, *excepté Iago.*

Oui.

LAZARO, *qui a remarqué l'hésitation de son fils.*

Tous?

TOUS, *et* IAGO *lui-même qui semble prendre une grande résolution.*

Oui.

LAZARO.

Qu'un serment terrible,
En confondant nos volontés,
Ne fasse de nous tous qu'un seul être invisible.
A genoux!

(Tous s'agenouillent.)

Unissez vos mains, et répétez!

(Tous unissent leurs mains, forment une chaîne et regardent Lazaro,
qui s'écrie d'un ton solennel :)

Grand Esprit, voilà ma pensée :
Je ne veux plus souffrir !

TOUS.

Je ne veux plus souffrir !

LAZARO.

Que toute autre soit effacée !
Être libre, ou mourir !

TOUS.

Être libre ou mourir !

LAZARO.

Si je ne garde le silence...

FÉRO.

Si je suis parjure à ma foi...

ZANTI.

Si j'hésite, si je balance...

LAZARO.

Compagnons, tuez-moi !

TOUS.

Compagnons, tuez-moi !

LAZARO.

Que mon âme reste engagée

Dans ce corps!

#### FÉRO.

Qu'elle soit plongée
Avec lui sous les mers!

#### ZANTI.

Qu'elle sente en la nuit profonde,
Seule, de son cadavre immonde
Se dissoudre les chairs!

#### LAZARO.

Et qu'elle ait, à sa dernière heure,
Pour son éternelle demeure
Les enfers!

#### TOUS.

Les enfers!

(Ils se relèvent.)

Adieu : fuyez Pedro, comme fait la gazelle
A l'aspect du vieux Léopard;
Songez qu'un mot, qu'un geste, qu'un regard
Suffit pour éveiller son zèle.

Je serai dans une heure au centre de ce bois;

Là je vous donnerai des armes.

De peur d'exciter des alarmes,

N'y venez pas tous à la fois.

(Ils se séparent et descendent de différents côtés.)


## SCÈNE IV.

### LAZARO, IAGO.


#### LAZARO.

Iago, qu'en dis-tu?


#### IAGO.

Je tremble de surprise.


#### LAZARO.

Est-ce là seulement ce que tu peux sentir?


#### IAGO.

O mon père, pardon!...


#### LAZARO.

Dois-je me repentir

De t'avoir confié mes vœux, mon entreprise?

#### IAGO.

Non, mon père, avec toi je suis prêt à partir :
J'aime la liberté; dès l'âge le plus tendre
    Tes récits me l'ont fait comprendre.
Mais, enfin, tu le sais; je suis né dans ces lieux;
Mes pieds n'ont pas foulé la cendre des aïeux :
Mon Dieu, mon protecteur, mes amis, ma patrie,
    Et ma sœur, la bonne Marie,
    Je trouve tout sous ces beaux cieux.

#### LAZARO.

    Misérable ! sur ce rivage
    Tu ne trouves que l'esclavage,
    Que la honte, que le mépris
    De ceux même que tu chéris.
    Ton Dieu, c'est le Dieu des supplices,
    C'est le Dieu de l'iniquité ;
    On nous parle de sa bonté,
    Quand nos tourments font ses délices
    Et nos larmes sa volupté :
    Il nous promet l'égalité,

Et nous, malheureux que nous sommes,
Courbés sous la loi du plus fort,
Nous ne trouvons entre les hommes
D'autre égalité que la mort.
Cette insupportable pensée
Ravage mon âme insensée;
Je souffre, et je ne sais pourquoi.
Tyran mortel, tu paieras mon délire,
Car si le nègre qui conspire
N'est pas un homme comme toi,
Fuis, c'est un tigre, il faut qu'il te déchire,
C'est sa nature, c'est sa loi.

IAGO.

Mais Mendoze, mon père, épargne ta faiblesse;
Souvent je l'ai vu t'exempter
Des fatigues que ta vieillesse
Depuis longtemps ne peut plus supporter.

LAZARO.

A-t-il épargné ma jeunesse?
Et ne connais-tu d'autres maux
Que d'expirer sous le poids des travaux?

Sais-tu pourquoi l'on soigna ton enfance,
Toi qui vois dans ces lieux un pays, une sœur?
Écoute, et va traîner aux pieds de l'oppresseur
Ton aveugle reconnaissance.


Ta mère... Tous les noirs enviaient mon bonheur!
Elle était jeune, elle était belle,
Je l'adorais... Le lâche suborneur
Abusa sans pitié de son pouvoir sur elle.
Et le prix de mon déshonneur,
Le croirais-tu, mon fils! ce fut cette tendresse
Dont tu me vantes les effets.
Dans l'esclavage alors tu grandissais :
On adopta l'enfant de la pauvre négresse,
On lui prodigua les bienfaits.
Je la vis dans mes bras mourir, l'infortunée :
Elle s'était empoisonnée !
Je fis pour la sauver d'inutiles efforts :
Une épouvantable souffrance
Termina tout à coup sa vie et ses remords,
Dans cette case où chaque nuit tu dors
Du sommeil de l'indifférence.

Tu frémis, Iago; puis-je bénir la main
    Qui m'a ravi ma bien-aimée?
  Depuis quinze ans ma rage inanimée
Appelait la vengeance, et l'appelait en vain.
Le moment est venu d'effacer cette injure :
Mais il n'est qu'un moyen de guérir la morsure
    Où le reptile a laissé son venin :
      Il faut frapper un coup soudain,
      Et l'écraser sur la blessure.

### IAGO.

Ah! je n'hésite plus; viens, je suivrai tes pas.
Fuyons.

### LAZARO.

  Jeune insensé, tu ne m'entends donc pas?
  Écoute-moi. Dans les forêts profondes
  Qui de l'Afrique obscurcissent les monts,
  Il est un arbre aussi vieux que les mondes :
  Il fut planté par la main des démons.
  Dans le granit ses racines plongées,
  En longs détours sous la terre allongées,
  Vont de l'enfer aspirer les poisons.

Autour de lui la nature est stérile,

L'air sans haleine, et le jour sans clarté.

Le gazon sèche et brûle à son côté

En implorant une sève indocile;

L'oiseau qui passe et demande un asile,

A son aspect s'enfuit épouvanté;

Ou s'il approche, en sa course arrêté,

Il bat ses flancs de son aile inutile,

Et vient tomber dans le cercle empesté.

Le criminel dont la peine s'apprête

Peut à la hache abandonner sa tête,

Ou dans ces lieux aller tenter le sort.

Si, protégé par un Dieu favorable,

Le front couvert d'un masque impénétrable,

Du tronc maudit il peut braver l'abord,

Il y recueille une gomme livide,

Dont la vapeur et le suc homicide

Portent la mort, l'inévitable mort.

C'est l'ornement de la flèche du brave,

Le dernier bien du malheureux esclave,

L'arme du faible, et la terreur du fort.

( Il tire une petite boîte de son sein.)

Le voici, ce poison, mon espoir, ma richesse :

C'est lui qui de ta mère a fini les malheurs.

Veux-tu me prouver ta tendresse?

Réponds : il n'est plus temps de répandre des pleurs.

IAGO.

Que faut-il faire?

LAZARO.

A table on va bientôt se rendre :
Toi seul, admis dans la maison,
Tu peux dans les mets qu'ils vont prendre
Verser ce rapide poison.

IAGO.

Mais qui veux-tu livrer à sa furie?

LAZARO.

Qui? Pedro, Gonzalès et Mendoze...

IAGO, *l'interrompant.*

Et Marie?...

LAZARO, *avec surprise.*

Oui.

c

IAGO.

Marie! ah! jamais.

LAZARO.

Qu'ai-je entendu?

IAGO.

Pourquoi
L'envelopper dans ta vengeance?

LAZARO.

Et toi,
Pourquoi l'y dérober?

IAGO.

J'en appelle à toi-même :
Marie est après moi le seul être qui t'aime,
Et tu veux la punir?

LAZARO.

Que parles-tu d'aimer?
La conçois-tu, cette amitié perfide?
Elle aime aussi le perroquet stupide

Qui par tes soins apprend à la nommer.

Elle aime aussi le coursier qui la porte,

Et ce vil animal qui, pour un peu de pain,

Rampe à ses pieds, lèche sa main,

Et chaque nuit veille à sa porte.

A-t-elle adouci par ses pleurs

Les maux dont mon âme est la proie?

Est-elle heureuse de ma joie?

Gémit-elle de mes douleurs?

Pour m'épargner une souffrance

Aurait-elle donné ses jours,

Sans autre prix que la douce espérance

De revivre en moi pour toujours?

C'est ainsi que je l'ai chérie

Celle qu'avant le temps les monstres ont flétrie...

Ta mère... et toi, mon fils, toi, mon seul bien,

C'est ainsi que je t'aime.

IAGO.

Eh bien!

C'est ainsi que j'aime Marie.

LAZARO.

Malheureux! qu'as-tu dit?

IAGO.

Ne m'interroge pas ;
Je crains de soulever le fardeau qui m'oppresse;
Mais quand tu m'as parlé d'immoler ma maîtresse,
J'ai tout à coup désiré le trépas.

LAZARO.

Mais qu'espères-tu donc?

IAGO.

Qui? moi! ce que j'espère?...
Rien... je ne forme aucun désir,
Aucun projet...

LAZARO.

Il faut pourtant choisir
La mort de ta maîtresse, ou la mort de ton père.
Il n'est plus temps de discuter,
Tu connais les motifs de ma juste colère;
Tu connais mon projet, veux-tu l'exécuter?

IAGO.

Oui, sur l'assassin de ma mère,

Mais sur ma sœur, jamais.

LAZARO.

C'est assez, laisse-moi ;
Va, je n'ai plus besoin de toi.
J'agirai seul : au moment favorable,
J'écarterai de dangereux témoins,
Et quand tu m'attendras le moins,
J'apparaîtrai terrible, inexorable :
A mes genoux tu tomberas en vain :
Je plongerai dans la pourpre du vin
De ce poison les brûlantes parcelles,
Et la vengeance, et la mort avec elles.

Adieu, tu peux tout découvrir ;
Je ne crains rien : pour porter l'esclavage,
Il m'a fallu plus de courage
Qu'il ne m'en faudra pour mourir.

FIN DU SECOND ACTE.

# ACTE III.

---

Le théâtre représente une salle à manger élégante ; la porte du fond, et les fenêtres, tapissées en dehors de verdure, sont ouvertes à cause de la chaleur, et laissent apercevoir le petit bois contigu à l'habitation. Deux portes latérales communiquent, celle de gauche avec les pièces de service, celle de droite avec les appartements. Une table, un buffet et des chaises garnissent la salle. Deux corbeilles vides sont sur le buffet, où l'on doit en remarquer quelques autres garnies de fruits.

## SCÈNE I.

### IAGO, *seul.*

(Il entre par la porte de gauche, apportant un panier plein de bouteilles, qu'il dépose près de la fenêtre.)

### IAGO.

Personne ici ! mon Dieu ! s'il pouvait le savoir !

A tout moment je dois l'attendre.

A chaque pas je crois le voir,

Dans chaque bruit je crois l'entendre.

(Il va regarder par la porte du fond.)

Il ne vient pas encor... Cachons ce vin.

(Il met le panier dans la première coulisse à gauche.)

Mais quoi !
Je ne me trompe pas, on parle près de moi !...

(Il écoute et montre le côté droit.)

C'est ici... quel bonheur ! c'est la voix de Marie !...
De Mendoze ! Il riait... Se peut-il que l'on rie
Quand la mort !.. Lazaro ! pourquoi la mort?.. — « Eh bien,
« Pour venger mes tourments, mon déshonneur, le tien.
« Le tien, mon fils!.. » — Fuyons! — « Ce n'est pas la vengean
« Je veux les punir. » — Oui, frappons ; point d'indulgence ;
Frappons, exterminons Mendoze, Gonzalès,
Pedro... — «Par quel moyen? Et puis, que faire après? »
— Par quel moyen ! le fer... — «Toi, d'une main cruelle
« Tu pourrais poignarder son père devant elle !... »
— Oui, je la saisirai de mes bras tout sanglants...
« — Et tu l'emporteras... » — Oui. — «Ce sont là tes plans !
« Tu lui ravis son père, un époux, sa patrie ;
« Dis-moi, que veux-tu donc inspirer à Marie?... »

— Eh bien ! non ; je la laisserai
Seule pleurer sur ce rivage :
J'aurai rompu mon esclavage,
Vengé mon père, et je fuirai.
Je fuirai... que deviendra-t-elle ?
La douleur usera ses jours...

Elle me poursuivra d'une haine immortelle,

    Moi qui l'aimais, qui l'aimerai toujours.

Elle ira, dans les bras d'un homme que j'abhorre,

      Maudire celui que sa voix

      Approuva, bénit tant de fois,

Qu'en ce moment peut-être elle bénit encore.

    Un autre esclave à ses pieds adorés

      Portera son fidèle hommage,

Et frémira de joie à ses ordres sacrés...

Un autre... Loin de moi cette importune image !

Marie, il m'appartient, ton sourire flatteur,

    Elle est à moi cette douce parole

      Et ce son de voix enchanteur,

    Qui d'obéir me force et me console.

Ils sont à moi, tes regards enivrants,

      C'est ma lumière, c'est ma vie ;

      Et si tu dois m'être ravie,

      Meurs plutôt avec nos tyrans,

Meurs !... Que dis-je, insensé ! je ne suis rien sans elle ;

    Mais elle peut vivre sans moi :

Mourons pour la sauver...

## SCÈNE II.

IAGO ; LAZARO, *en dehors, à la fenêtre.*

LAZARO, *mystérieusement.*

Iago !

IAGO.

Qui m'appelle ?

(Il se retourne.)

Mon père !

LAZARO.

Personne avec toi?

IAGO, *lui montrant le côté droit.*

Ils sont tous là.

LAZARO.

C'est bien. J'attendrai que l'on sorte,
Et je vais me tenir tout près de cette porte,
Dans le bois.

IAGO.

C'est en vain ; ils ne sortiront pas,
Voici le moment du repas.

### LAZARO.

J'ai su vers d'autres lieux fixer leur vigilance.
Pedro, sur un nouveau danger
Leur porte de  ma part un avis mensonger.
Ils viendront, j'en suis sûr.

### IAGO.

On approche ; silence.

(Lazaro rentre dans le bois.)

## SCÈNE III.

### MENDOZE, MARIE, GONZALÈS, IAGO.

MENDOZE, *à Gonzalès.*

Je serais, à vous croire, entouré de complots :
Chaque geste d'un noir cache une perfidie :
S'il attise la flamme, il rêve l'incendie ;
Il songe à fuir, s'il regarde les flots.

### GONZALÈS.

La confiance est ici déplacée ;
Ceux que vous venez d'acheter
Sont turbulents : pendant la traversée

Ils ont souvent voulu se révolter.

Craignez de payer cher votre condescendance :

Qui peut prévoir l'effet d'un jour d'indépendance ?

MARIE, à *Gonzalès*.

Vous m'effrayez.

GONZALÈS.

Entre eux ils s'aiment comme nous.

Il fallait me les prendre tous :

Surtout ne pas donner motif à leur colère,

En séparant une fille et son père.

MARIE.

Une fille et son père ?... ô ciel ! que dites-vous ?

MENDOZE.

Une enfant de quinze ans, souffrante, inanimée...

Par un mal affreux consumée...

MARIE.

(A Gonzalès.)

Ah ! si ses maux étaient mortels,

Si la source des jours en elle était tarie,

Pourquoi la séparer de sa chère patrie,

Pourquoi la dérober aux baisers maternels ?
Il doit être si doux pour celle qui succombe,

    A l'âge où le monde est si beau,

    De voir s'incliner sur sa tombe

L'arbre dont le feuillage a couvert son berceau !...
Pauvre fille ! du moins, quand un destin funeste
T'entraîne pour mourir au bout de l'univers,

    A tes douleurs, même à tes fers

Tu peux sourire encor, si ton père te reste...
Mais seule maintenant !... D'un séjour infecté
Comme tu dois sentir la froide obscurité !...
Seule ! et pas un soupir, et pas une parole

    Qui te réponde et te console !

    Pas un ami qui t'apprenne à souffrir !...

O Dieu ! si j'étais seule, et qu'il fallût mourir !...

        (A Mendoze.)

    Mon père, au nom de la tendresse

    Dont je suis l'objet chaque jour,

Au nom de mon respect, au nom de mon amour,
Prends pitié, prends pitié de la jeune négresse.

    Donne-la-moi, j'en ai besoin,

    Je veux par elle être servie ;

    De ses douleurs je réclame le soin,

Et je réponds de prolonger sa vie.

GONZALÈS.

Quelle chaleur ! elle m'a transporté.

MENDOZE.

O mon enfant, que j'aime ta bonté !
Comment se refuser à ta juste demande ?
Mais calme tes esprits ; ton alarme est trop grande :
Celle dont l'infortune a fait couler tes pleurs
Ne sent pas comme toi le poids de ses douleurs.
Mais que nous veut Pedro ?

GONZALÈS.

Je lis sur son visage
D'un malheur le triste présage.

## SCÈNE IV.

LES PRÉCÉDENTS, PEDRO.

PEDRO.

Seigneur, d'un grand complot je viens d'être averti :

Contre vos noirs il faut prendre un parti.

MENDOZE.

Comment ?

MARIE.

Dieu ! je frémis.

PEDRO.

Un avis salutaire
M'a dévoilé tout le mystère.

MENDOZE.

Qui t'a dit ?...

PEDRO.

Lazaro.

MENDOZE.

Le vieu fou l'a rêvé.

PEDRO.

Seigneur, depuis vingt ans que nous servons ensemble,

Je crois l'avoir bien observé :
Il n'est pas si fou qu'il le semble.

**MENDOZE.**

Voyons, que t'a-t-il raconté ?

**PEDRO.**

Pour une entreprise hardie
Des esclaves nouveaux l'esprit paraît monté.
On n'entend que les mots de meurtre, d'incendie.
Ce soir, espèrent-ils, leurs liens sont brisés ;
Les monts vont recéler leurs troupes fugitives ;
Et le soleil demain ne verra sur ces rives
Que les débris fumants de vos toits embrasés.

**MENDOZE.**

Quel absurde projet !

**GONZALÈS.**

Plus il semble bizarre,
Plus il doit plaire à ce peuple barbare.

**MENDOZE.**

Mais puisque rien n'est encor fait,

De cette vaine effervescence
Il est un moyen sûr de prévenir l'effet,
Et je vais l'employer.

GONZALÈS.

Quel est-il?

MENDOZE.

Ma présence.

MARIE.

Eh quoi ! mon père, à leur courroux
Vous allez exposer votre tête chérie !

MENDOZE.

Rassure-toi, bonne Marie,
Ma voix les fera trembler tous.

GONZALÈS.

La prudence, seigneur, n'est jamais inutile ;
Permettez-moi d'envoyer à la ville
Un de mes matelots pour avoir du secours.

7

MARIE.

Oh ! oui, mon père !

MENDOZE, *à Gonzalès.*

Eh bien, si vous voulez.

GONZALÈS.

J'y cours.

## SCÈNE V.

LES PRÉCÉDENTS, *excepté* GONZALÈS.

MENDOZE, *à Pedro.*

Enchaînons leur courroux avant qu'il ne s'éveille ;
Suis-moi, Pedro.

MARIE.

Mon père...

MENDOZE.

Il faut qu'on les surveille ;

Dans leurs cases du moins je veux les retenir.

Fais mettre le couvert, nous allons revenir.

(Il sort avec Pedro.)


## SCÈNE VI.

MARIE, IAGO.


MARIE.

Iago !


IAGO.

Ma maîtresse ?


MARIE.

Allons, tu viens d'entendre :

Mendoze bien longtemps ne peut se faire attendre,

Gonzalès va rentrer.


IAGO, *avec joie.*

Gonzalès va rentrer !


MARIE.

La table.

IAGO.

En un moment je vais tout préparer.

(Il avance la table, et s'occupe de mettre le couvert.)

(A part.)

Elle, seule avec moi!... quel tourment me dévore!

(Montrant la fenêtre.)

Mon père est là... grand Dieu! quelques instants encore
Retiens-la...Dans ce lieu si je sais l'arrêter,
L'homicide projet ne peut s'exécuter.

(Pendant qu'il range la table, Marie prend les deux corbeilles vides.)

MARIE, *le regardant faire un moment.*

C'est bien : pendant ce temps, moi je vais sous nos treilles
Des raisins de Cuba couronner ces corbeilles.

IAGO, *effrayé.*

Que dites-vous? oh non, non, ne me quittez pas.

MARIE.

Pourquoi? Je dois aussi m'occuper du repas.

IAGO.

Non, restez ... du midi l'ardeur insupportable...

Ah ! j'aurai bientôt fait de disposer la table,
J'irai cueillir ces fruits... demeurez.

MARIE, *en souriant.*

Tu le veux ?

IAGO, *transporté de joie.*

Oui : d'un ciel embrasé je ne crains pas les feux,
Moi :
(Montrant sa tête et son cœur.)
J'ai là, là surtout, des flammes africaines :
L'été de vos climats rafraîchit nos haleines :
Un rayon de soleil me donne la vigueur,
Comme un seul mot de vous rend la joie à mon cœur :
J'irai cueillir ces fruits, j'irai.
(A part, en mettant les assiettes sur la table.)
L'heure s'avance :
Si je pouvais sauver ma compagne d'enfance !

MARIE.

Iago, que dis-tu ?

IAGO.

Je ne sais.

MARIE.

Comment?

IAGO.

Rien.

MARIE, *regardant la table.*

Trois couverts seulement! Tu ne comptes pas bien.

IAGO, *stupéfait.*

Pardon; qu'y manque-t-il?

MARIE.

Regarde, je te prie.
Tiens.

IAGO, *nommant à mesure qu'il indique les couverts.*

Pedro... Gonzalès... et Mendoze...

MARIE, *souriant.*

Et Marie?

IAGO, *comme frappé d'un souvenir douloureux.*

Marie !.. il a dit oui !.. Jamais ! oh non, jamais !

MARIE.

Tu rêves, Iago : comment, tu m'oubliais !
Tu ne te souviens plus de ta jeune maîtresse !
J'ai bien fait de vouloir la petite négresse ;
J'aurai du moins quelqu'un pour s'occuper de moi.

IAGO, *hors de lui, se jetant à genoux.*

Que je suis malheureux !

MARIE.

Allons, relève-toi :
Tu conçois donc toujours des sentiments extrêmes ?
Va, je connais ton cœur, et je sais que tu m'aimes.
Je voulais plaisanter.

IAGO, *se relevant.*

Si je vous aime, ah Dieu !
Moi dès mon plus jeune âge élevé dans ce lieu,
Moi pour qui vos bienfaits, votre amitié peut-être

Ont fait un jour si beau du jour qui me vit naître!..
Si je vous aime!

MARIE, *étonnée*.

Eh bien : je n'ai jamais douté
De ton attachement, de ta fidélité.
Pourquoi m'attribuer les bienfaits de Mendoze?
Et puis, de ce transport je ne vois pas la cause...

IAGO.

La cause est dans mon cœur, elle est dans ces moments
Où l'âme ne peut plus cacher ses sentiments,
Où la mort... je ne sais ce que je voulais dire...
Marie!...

MARIE.

Un tel langage est celui du délire.

IAGO.

O maîtresse! pardon si j'ose vous nommer.
Ce fut le premier nom que j'appris à former,
Et depuis si longtemps je vous en donne un autre!..
Ma mère n'était plus; recueilli par la vôtre,

Près de votre berceau je grandissais, hélas !
Joyeux à vos côtés, et presque dans vos bras...
Douce fraternité ! temps heureux de l'enfance !
Ma naïve amitié n'était pas une offense :
Ces gazons que nos pieds ont foulés tant de fois,
L'air pur de ces coteaux, l'ombrage de ces bois,
Ce toit qui nous couvrait, ces flots dont notre vue
Mesurait au hasard la mobile étendue,
Ce beau ciel, ce soleil qui nous éclaire tous,
Je les croyais à moi comme ils étaient à vous...
Fatale erreur ! Il vint, le jour de l'esclavage :
Un mot fut un forfait, un regard un outrage.
Toujours les mêmes soins et les mêmes bienfaits ;
Je vous aimais peut-être encor plus que jamais,
Et je devais me taire ! et sous des lois barbares
Il fallait que mon cœur...

MARIE.

Iago, tu t'égares...
Où tendent ces regrets ?.. Tu m'épouvantes.

IAGO.

Moi !
Qu'ai-je dit ? excusez mon trouble, mon effroi...

**MARIE.**

Que crains-tu?

**IAGO.**

(Il s'est remis au service de la table.)

Je ne sais... ce complot... ces alarmes..

**MARIE.**

Tu trembles !.. de tes yeux je vois couler des larmes.
Iago ?

**IAGO,** *en mettant du vin sur la table.*

Ce breuvage est un affreux poison :
Il exalte les sens, il trouble la raison.
Malheur, cent fois malheur aux lèvres imprudentes
Qu'il humecte en passant de ses gouttes ardentes...
Voyez-vous la douleur, la démence accourir?...
La mort?... savez-vous bien ce que c'est que mourir?

**MARIE,** *avec inquiétude.*

Ciel ! que dois-je penser ; ses traits se décomposent...
Iago ?

**IAGO.**

(Son délire augmente.)

Croyez-vous que les morts se reposent?

Où vont-ils? Dans ce monde, au-delà des tombeaux,
Est-il encor des fers, des maîtres, des travaux?

MARIE.

Non : Dieu seul règne alors : égaux sous son empire...

IAGO.

Ce Dieu s'offense-t-il de l'amour qu'il inspire?
Et pour être en secret par l'esclave adoré,
Le roi de l'univers est-il déshonoré?

MARIE, *toujours plus inquiète.*

Non.

IAGO.

Vous rendez la paix à mon âme ravie.
Ah! je les goûterai, ces biens d'une autre vie :
Il n'est pas loin, le jour où je dois retrouver
Celle... celle... ô fureur ! je ne puis achever.

MARIE.

Iago, qu'as-tu donc? réponds, je te l'ordonne.

IAGO, *la regardant fixement.*

Je n'ai rien.

MARIE.

Quel regard?
(Elle recule effrayée.)

IAGO.

Rien.
(Marie va pour sortir.)

Elle m'abandonne!...
Ah! restez : savez-vous qu'il y va de vos jours?

MARIE.

Je ne puis supporter ces étranges discours :
Je sors.

IAGO, *dans le délire.*

Tenez, il erre autour de cette table...
Il approche...

MARIE.

Qui donc?

IAGO.

Ce spectre épouvantable.
Voyez son bras s'étendre, et de son œil hagard
L'impatient souris hâter votre départ?..

(Il la saisit par la main.)

Non; je la retiendrai : je brave ta menace;
Dût son père en courroux châtier mon audace,
Dussent les feux vengeurs par ta rage allumés
Arracher de mon sein les lambeaux consumés,
De cette volonté rien ne peut me distraire,
Je la retiendrai; moi, son ami, moi, son frère,
Moi qui l'aime.

MARIE, *se débattant.*

Iago, laisse-moi.

IAGO.

Je ne puis.

MARIE.

Malheureux, as-tu donc oublié?...

IAGO.

Qui je suis ?
C'est pour votre bonheur qu'il faut que je l'oublie.

MARIE.

Mais quel est ce danger ? parle, je t'en supplie.
De mon père sans doute on menace les jours ;
Laisse-moi...

IAGO.

Non.

MARIE.

Je veux voler à son secours,
Laisse-moi.

IAGO.

Non, vous dis-je.

MARIE.

Et si ma voix plaintive
L'appelait dans ces lieux !

IAGO.

Appelez ; qu'il arrive :
C'est mon vœu le plus cher.

MARIE.

T'aurais-je mal compris ?
Un vertige fatal égare tes esprits.
Des rêves paternels la funeste influence
A-t-elle dans ton âme apporté la démence ?
Le fils de Lazaro ?...

IAGO.

Silence ! quelle horreur !
Lazaro ! ce nom seul réveille ma fureur...

MARIE.

Dieu ! ses yeux sont en feu, sa voix est oppressée ;
Tout son corps a frémi, sa main devient glacée...
Elle s'ouvre : fuyons.

(Elle fait un effort et s'enfuit.)

IAGO, *voulant la ressaisir.*

Attends !... Marie ! attends !
(Il s'élance après elle.)

Marie!... un seul moment, un seul!

(Apercevant Lazaro à la fenêtre.)

Il n'est plus temps !

(Il reste dans une immobilité complète.)

## SCÈNE VII.

### LAZARO, IAGO.

LAZARO, *en dehors de la fenêtre.*

Enfin elle est partie! on ne peut nous surprendre.

(Il escalade la fenêtre.)

Du fond de ces berceaux j'aurais voulu t'entendre :

Il t'a fallu du temps pour l'éloigner d'ici...

Mais enfin par tes soins je puis agir... merci !

(Iago ne peut répondre, Lazaro s'élance à la table, verse le poison
dans le vin, agite un moment les bouteilles.)

Maintenant, que le maître arrive !

Qu'il nous désarme et nous enferme tous.

Tiens, Iago, je ris de son courroux :

Voici la mort.

IAGO, *revenant de sa stupeur, et comme frappé d'une
idée soudaine.*

Dis-moi, mon père ; est-elle active ?

## LAZARO.

Le fer est moins puissant, la parole est moins vive.
　　Tu les verras tomber tous à-la-fois
　　L'œil sans regard, et la bouche sans voix,
Dans les convulsions d'un horrible délire ;
　　Puis tout-à-coup se relever, sourire,
Puis retomber encor, brûlés par des chaleurs
　　　Que nul mortel ne peut décrire.
Leur face se teindra d'effrayantes couleurs ;
Les nerfs éclateront dans leur tête brisée ;
Et l'enfer versera dans leur âme épuisée,
　　En deux moments, deux siècles de douleurs.

Tu sortiras alors : je t'attends au rivage ;
　　Du rendez-vous tu sais le lieu...
On vient !.. nous n'avons plus qu'un moment d'esclavage :
Sois calme.

### IAGO.

Je le suis.

### LAZARO, *à la fenêtre.*

Adieu !

8

IAGO.

Mon père... adieu !

(Lazaro sort par la fenêtre.)


## SCÈNE VIII.

MENDOZE, GONZALÈS, MARIE, IAGO.


MENDOZE.

Je vous l'avais bien dit, que ma seule présence
D'un moment de loisir calmerait la licence.
Au reste, à ces complots j'ai paré désormais :
L'esclave en travaillant ne conspire jamais.


GONZALÈS.

Vous croyez ?


MENDOZE.

              A l'instant leur fureur s'est éteinte.
Je les ai renfermés dans une étroite enceinte ;
Pour mieux les enchaîner à leur nouveau devoir,
A ma table Pedro ne viendra pas s'asseoir :
Il va les surveiller.

(A Iago.)

Qu'on nous serve.

IAGO, *rêvant.*

Mon maître ?

MENDOZE.

Qu'on nous serve.

MARIE, *bas, à Iago.*

Iago, je n'ai rien fait connaître :
Va, calme tes transports ; ta sœur les oubliera.

IAGO, *bas à Marie.*

Vous me pardonnez ?

MARIE.

Oui.

IAGO.

Dieu me pardonnera.

(Il va chercher un potage et quelques mets qu'il place sur la table.)

GONZALÈS.

J'ai bien fait néanmoins d'envoyer à la ville.

MENDOZE.

A quoi bon ?

GONZALÈS.

Nous ferons un repas plus tranquille.
Mais ce fou dont l'avis avait troublé Pedro,
Si vous l'interrogiez ?

MENDOZE.

Parler à Lazaro !
C'est du temps bien perdu : sa mobile pensée
Par un mot, par un geste aussitôt déplacée,
Du langage d'autrui ne peut suivre le cours.
Sa raison fugitive échappe à vos discours,
Et d'un monde idéal poursuivant les images,
S'égare et disparaît sous de sombres nuages.
Pour savoir ce qu'il pense il n'est qu'un seul moyen ;
C'est de ne lui rien dire et d'écouter.

GONZALÈS.

Eh bien,
Qu'il vienne : je promets de ne pas le distraire.

MENDOZE.

J'y consens. (A Iago.) Iago, va nous chercher ton père.

IAGO, *à part.*

Comment faire ?

(Il hésite un moment : Mendoze réitère son ordre par un regard :
Iago s'éloigne, sans perdre de vue la table : sorti de la salle, il
s'écrie à part :)

O bonheur ! je l'aperçois là-bas !

(Il lui fait des signes.)

## SCÈNE IX.

LES PRÉCÉDENTS, *excepté* IAGO.

MENDOZE.

A table !

(Ils se placent, Marie au milieu.)

(A Marie.)

Mon enfant, c'est toi qui serviras.

(Marie sert le potage.)

(Il mange.)

GONZALÈS.

Ce riz est excellent.

MENDOZE.

De ces chaleurs dernières
L'influence a beaucoup fécondé nos rizières.

GONZALÈS.

D'où lui vient ce parfum ?

MARIE.

Du suc des tamarins.

GONZALÈS.

En effet, la boisson qu'apprêtent nos marins,
En versant sa fraîcheur dans la bouche altérée,
De cette douce odeur me semble pénétrée.

## SCÈNE X.

### LES PRÉCÉDENTS, LAZARO, IAGO.

IAGO.

Voici mon père.

MENDOZE, à *Lazaro.*

Approche.
(Lazaro s'avance avec inquiétude.)

GONZALÈS, à *Marie.*

Il paraît interdit.

**MENDOZE**, *à Lazaro.*

Écoute.

**LAZARO**, *à part, regardant la table.*

Pas encor !

**MENDOZE**, *à Lazaro.*

Pedro nous a tout dit :
Au rapport qu'il m'a fait j'ai reconnu ton zèle.
Veux-tu me raconter, en serviteur fidèle,
Ce que tu sais ?

**LAZARO.**

Comment ?

**MENDOZE.**

Tu parlais de complots,
De fuite.

**LAZARO.**

Le rocher domine encor les flots.

**MENDOZE.**

Réponds-moi.

**LAZARO.**

Que faut-il, maître, que je réponde ?
Au pied de ce rocher la mer est bien profonde.

**MENDOZE,** *à Gonzalès.*

Il ne me comprend pas.

**GONZALÈS.**

Ses esprits sont frappés.

**MENDOZE,** *à Lazaro.*

Si par un faux avis tu nous avais trompés ?...
(Lazaro rit stupidement.)
Si tout ce grand complot n'était que ton ouvrage ?..
(Lazaro rit encore).

**GONZALÈS.**

Quel rire !

**MENDOZE,** *à Gonzalès.*

Sa raison se trouble davantage.
Vous voyez qu'on n'en peut obtenir un seul mot :
Ne l'interrogeons plus, il parlera bientôt.
Buvons.
(Il verse du vin à Gonzalès et à sa fille.)

**GONZALÈS,** *tenant son verre.*

A la santé de la bonne Marie!

**LAZARO,** *à part.*

Je suis vengé!

(Marie porte le verre à ses lèvres.)

**IAGO,** *hors de lui, avec un grand cri.*

J'ai soif.

(Il s'élance, arrache le verre des mains de Marie, et boit tout le vin
d'un trait.)

**LAZARO.**

Dieu!

**MARIE.**

Quelle étourderie!

**GONZALÈS.**

Quelle audace!

**MENDOZE,** *se levant.*

Iago!

**IAGO,** *à Marie.*

Vous m'avez pardonné...

(Les traits d'Iago sont bouleversés, il cherche à contenir le poison.)

GONZALÈS.

Il est fou !

LAZARO, *courant à lui.*

Mon fils !

MENDOZE.

Non : il est empoisonné.

MARIE.

Empoisonné ! qu'entends-je ?

GONZALÈS.

Il sait l'auteur du crime.

LAZARO.

Mon fils !

MENDOZE, *à Gonzalès.*

S'il le savait, serait-il sa victime ?

IAGO, *succombant à la douleur, pousse un cri affreux.*

Ah!..

(Il tombe raide.)

LAZARO.

Mon fils !

MENDOZE.

Il est mort.

MARIE.

Lui, mort ! et c'est pour moi !
(Elle s'évanouit.)

MENDOZE, *courant à elle.*

Du secours !

LAZARO, *se jetant sur le corps de son fils.*

Iago, parle, reviens à toi !
Lui !... mort !.. ô désespoir !
(Iago devient calme.)

MENDOZE, *à Marie.*

Tiens ; il semble renaître ;
Il sourit ; ses regards veulent nous reconnaître...

MARIE, *rappelant ses sens.*

Iago !..

(Elle le regarde : les convulsions d'Iago recommencent.)

Quelle horreur !

LAZARO, *se relevant, à part, avec rage.*

C'est tout : il est perdu...
Ah ! si mes compagnons n'avaient pas attendu !
Fuyons ; il n'est pas temps de répandre des larmes.

(Il va pour sortir.)

## SCÈNE XI.

### LES PRÉCÉDENTS, PEDRO.

PEDRO, *arrivant à grands pas et blessé.*

Accourez, accourez, les nègres sont en armes.

MENDOZE.

En armes !

PEDRO.

De leurs mains je me suis échappé.
De deux coups de poignard ils m'ont déjà frappé.
Ils gagnent le rivage.

MENDOZE.

Et leur but ?

PEDRO.

Je l'ignore.

GONZALÈS.

Et les soldats, sont-ils arrivés?

PEDRO.

Pas encore.

MENDOZE, *tirant son épée.*

N'importe, suivez-moi.

(Ils sortent.)

MARIE, *effrayée.*

Vous m'abandonnez tous!..

(Elle cherche à retenir Lazaro.)

Et toi?

LAZARO, *lui montrant son fils, d'un air égaré.*

N'ayez pas peur : mon fils reste avec vous.

(Il sort, Marie s'évanouit.)

FIN DU TROISIÈME ACTE.

# ACTE IV.

Le théâtre représente le sommet du rocher, comme au deuxième acte.

## SCÈNE I.

MENDOZE, LAZARO, *sur le devant ;* PEDRO, SOLDATS, NÈGRES, *au fond.*

(Pedro et quelques nègres, penchés sur le précipice, semblent regarder au pied du rocher. Les gestes des nègres expriment la terreur.)

MENDOZE.

Sont-ils morts?

PEDRO.

Oui, seigneur.

MENDOZE.

Ainsi meurent les traîtres
Qui pourraient oublier, comme eux, qu'ils ont des maîtres!
Ma vengeance atteindra l'esclave révolté

Plus vite que le vent n'emporte mes menaces,

Plus vite que la mer ne vient laver leurs traces

Sur ce récif ensanglanté.

Vous que mes bontés paternelles

Livrent, pour toute peine, au tourment des remords,

Qu'espériez-vous donc, infidèles ?

Nous tromper?.. nous savions vos plaintes criminelles.

Nous massacrer?.. nous sommes les plus forts.

Vous vouliez vous sauver?.. et ce fatal navire ?

Il n'est pas loin, vous le voyez.

Aux plus légers signaux de nos bords envoyés,

Sur la nacelle qui chavire

Un boulet vous eût foudroyés.

Vous sauver?.. et de quoi? du travail, de la peine ?

La peine et le travail vous suivront en tous lieux :

Vous n'avez d'autre choix que celui de la chaîne;

Vos maîtres sont partout où s'étendent les cieux.

Il fallait vous sauver quand un fier capitaine

Vous enfermait vivants dans la nuit des tombeaux;

Il fallait massacrer cette foule inhumaine,

Et vous venger sur des bourreaux,..

Vous ne le pouviez pas !.. Misérables esclaves,

Quand vous ne craignez plus les coups et la prison,

C'est alors que vous êtes braves,

Alors que vous songez aux meurtres... au poison.

(Mouvement parmi les nègres.)

Au poison... Réprimez une feinte surprise.

Je saurai quel lâche a formé

Cette épouvantable entreprise :

Il n'est pas mort, car vous l'auriez nommé.

C'est peut-être lui qui s'approche.

## SCÈNE II.

LES PRÉCÉDENTS ; ZANTI, *conduit par des soldats.*

ZANTI, *montant sur la scène.*

Où me conduisez-vous ?

PEDRO.

Marche, tu le sauras.

ZANTI.

Dieu ! le sommet de la fatale roche !

Mendoze ! Lazaro ! je suis perdu.

9

MENDOZE.

Soldats,

Menez-le au précipice, et qu'il regarde en bas !

(Zanti se penche sur l'abîme.)

De la hauteur de cette cime

Ton œil est-il épouvanté ?

ZANTI.

Non.

MENDOZE.

Dans le fond de cet abîme

Qu'aperçois-tu ?

ZANTI.

La liberté.

MENDOZE.

Allons, viens : apprends-moi les noms de tes complices.

ZANTI, *montrant Pedro.*

Demandez-les à leur bourreau,

Demandez-les aux précipices,
Demandez-les à Lazaro.


MENDOZE.

Lazaro ne peut nous comprendre ;
Par la douleur son esprit est troublé.


ZANTI.

Lazaro ce matin vous a tout dévoilé :
Il n'a plus rien à vous apprendre.


LAZARO.

(Pedro, dans le fond, observe Lazaro avec attention.)

Homme du Juïda, regarde, je suis vieux :
Bientôt je reverrai les champs de mes aïeux ;
Tu me comprends : retiens ma dernière parole :
Toi, dans les flots tu vas bientôt mourir,
Sous le poids de ton corps les gouffres vont s'ouvrir,
Que ton âme échappe et s'envole !


ZANTI, à part.

O ciel ! de trahison je l'avais soupçonné !
C'est Iago.

LAZARO.

Mon fils? ils l'ont empoisonné.

ZANTI.

Empoisonné! qui?

MENDOZE.

Toi, vous tous, monstres d'Afrique :
Il connaissait le crime, et son âme héroïque
En vous restant fidèle a su nous préserver ;
Mais il est mort pour nous sauver.

ZANTI.

Vos esclaves nouveaux voulaient briser leur chaîne ;
Si quelque autre en fuyant a satisfait sa haine,
Qu'on le cherche, ce n'est pas moi.

MENDOZE.

Eh ! qui pourrait-ici me haïr plus que toi ?
Ma fille, pour venger la tienne abandonnée,
Devait mourir empoisonnée.
Et dans quel temps encor! quand tes mains préparaient

De ta fureur les criminelles armes,
C'était pour toi que ses vœux m'imploraient;
J'accordais ta fille à ses larmes.

ZANTI.

Elle priait pour moi !

MENDOZE.

Pour toi, vil assassin.

ZANTI.

Vous vous trompez, malheureux père;
Vous fuyez le serpent qui n'a point de venin,
Et vous réchauffez la vipère
Qui va vous déchirer le sein.

MENDOZE.

Que dis-tu ?
(Zanti garde le silence.)

PEDRO, *à part, observant Lazaro.*

Lazaro se trouble.

MENDOZE, *à Zanti*.

Parle encore.
Quel est le criminel ? tu le sais.

ZANTI.

Je l'ignore.

MENDOZE.

Eh bien, tu vas mourir.

ZANTI, *faisant un pas vers le précipice*.

Je suis prêt.

MENDOZE.

N'attends pas
De ceux que j'ai punis le facile trépas ;
C'est assez d'avoir vu tes stupides complices
Se jouer de la mort et sourire aux supplices.
Le tien sera terrible, il sera lent : je veux
A force de douleur t'arracher des aveux.
Sous le fer des bourreaux il n'est plus de mystère,
Marchons.

### ZANTI.

Je sais souffrir comme je sais me taire :
Au voyageur qu'importe le chemin
Qui le ramène à sa patrie?
Axim, sur ta rive chérie
Je me reposerai demain!
Mais ma fille...

(A Mendoze.)

O bon maître, écoutez ma prière ;
Chez nous une faveur dernière
Console au moins l'infortuné
Que la justice a condamné.
Ah! punissez mon coupable silence ;
Mais de votre esclave Zanti
Quand vous aurez anéanti
Et la révolte et l'insolence,
Souvenez-vous qu'une bien chère voix
Sur le sort de sa fille avait touché votre âme ;
Arrachez-la de ce navire infâme,
Laissez-la vivre sous vos lois.
Que j'emporte en mourant cette heureuse espérance !

### MENDOZE.

Crois-tu donc que je veuille adoucir ta souffrance

Non ; mais révèle tout ; dénonce, et tu vivras,
    Et dès ce soir ta fille est dans tes bras.


ZANTI.


Je reverrais ma fille !.. (A part.) Ah ! mes lèvres parjures
    Allaient oublier leurs serments :
    Pour moi dans les heures futures
    Plus d'amitié, plus de doux sentiments,
Plus de pays !


MENDOZE.


Ton choix est-il fait ?


ZANTI.

                        Les tortures.


MENDOZE.


Eh bien, suivez-moi tous : qu'un affreux souvenir
Arrête les complots des traîtres à venir !

(Mendoze sort ; tous le suivent, excepté Lazaro, qui reste sur le devant de la scène, et Pedro, qui se tient au fond.)

## SCÈNE III.

LAZARO, PEDRO.

**LAZARO,** *se croyant seul.*

Enfin ils sont partis, je respire : mon âme
    A chancelé pour la première fois.
Il semblait que ces rocs m'étouffaient de leur poids ;
Je sentais mon cerveau consumé par la flamme,
Mon haleine expirante, et mes membres tout froids.
Ce besoin de vengeance, insurmontable envie,
Seul soutien de mes jours, seul rêve de ma vie,
De mes esprits troublés allait s'évanouir.
Ce maître dont la voix nous prodiguait l'outrage,
Tous ces braves amis mourant avec courage,
    Et refusant de me trahir.
Ce Zanti, préférant à sa fille chérie
    Moi, ses serments, et d'horribles douleurs !..
    Ah ! sous ma paupière attendrie
Un seul moment, un seul, j'ai senti quelques pleurs.
    Il s'éteignait, le feu qui me dévore,
    Comme si j'étais homme encore !
    Non, les méchants m'ont arraché
Des vertus que j'aimais comme un autre sans doute ;

La meule en tournant m'a touché ;

Je suis comme un jonc desséché

Dont la liqueur a tombé goutte à goutte.

Qui ? moi ? j'allais tout découvrir

Parce qu'un autre a su se taire !

Eh ! qu'importe ? il n'a fait que ce qu'il devait faire :

Qu'il brave les tourments : c'est un bien de souffrir,

Lorsque l'on souffre pour mourir.

PEDRO.

Lazaro ?

LAZARO.

Qui m'appelle ?

PEDRO.

Un ami.

LAZARO.

Toi ?

PEDRO

Peut-être.

LAZARO.

Je ne te connais pas.

PEDRO.

Tu devrais me connaître.

LAZARO.

Tu te nommes?

PEDRO.

Pedro!..

LAZARO.

Pedro!.. retire-toi.

PEDRO.

D'où vient que mon aspect t'inspire de l'effroi?

LAZARO.

Ce n'est pas de l'effroi, c'est de l'horreur.

PEDRO.

Mon frère,
De tes sombres pensers rien ne peut te distraire !
As-tu donc oublié nos jeunes ans ?

LAZARO.

Jamais
Je ne les oublierai.

PEDRO.

Ce Pedro, tu l'aimais.
C'était de tes plaisirs le compagnon fidèle,
Tu lui confiais tout...

LAZARO.

Attends... je me rappelle...
Oui, j'avais un ami... sans craintes, sans regrets,
J'épanchais dans son cœur mes vœux et mes secrets ;
Ou plutôt dans mon âme il lisait sans étude...
Mais Pedro n'était pas son nom.

PEDRO.

La servitude

A changé, tu le sais, mon nom comme le tien.

LAZARO.

Comment te reconnaître alors ?

PEDRO.

Regarde bien.

LAZARO.

Que je regarde, moi, ton horrible visage !
C'est déjà bien assez d'entendre ton langage.
Allons, que me veux-tu ? hâte-toi de parler.

PEDRO.

Lazaro, ton ami vient pour te consoler.

LAZARO.

Je n'ai point de chagrin.

PEDRO.

Ton fils est mort.

### LAZARO.

Barbare,
C'est toi dont la fureur à jamais nous sépare :
Je te déteste.

### PEDRO.

Moi !

### LAZARO.

Va, j'ai tout deviné.

### PEDRO.

Tu m'accuses !

### LAZARO.

C'est toi qui l'as assassiné.

### PEDRO.

Arrête, Lazaro; sais-tu que l'on commence
A se garder un peu de ta feinte démence?
Sais-tu que du forfait on soupçonne l'auteur?
As-tu de ce rocher mesuré la hauteur?

### LAZARO.

Sais-tu que dans ces lieux nous sommes seuls?

### PEDRO.

Qu'importe?
Ta main tremble, la mienne est encore assez forte
Pour te précipiter dans l'abîme des mers.

### LAZARO.

Je tremble !.. il tremble aussi, le lion des déserts,
Quand il va s'élancer sur sa chétive proie ;
Il tremble, mais d'orgueil, de colère et de joie.

### PEDRO, *à part.*

Son langage, ses traits, tout change en un moment.
(Haut.)
Crois-tu que de Zanti j'ignore le serment ?
Que l'œil du vieux Pedro n'ait pas vu tes alarmes ?..
Ces nègres, quel moyen leur a fourni des armes ?
Ce poison, que l'enfer distille dans nos bois,
Ce poison, que tous deux nous gardions autrefois,
Dont je sais comme toi l'influence rapide,
D'où vient-il ?

### LAZARO.

De tes mains, exécrable homicide.

Tu m'as ravi mon fils, et tu viens me flétrir
Du reproche odieux de l'avoir fait périr!

### PEDRO.

Tu m'accuses !.. eh bien, suis-moi, je vais descendre;
A Mendoze indigné courons nous faire entendre :
Ose dire avec moi ces paroles : Seigneur,
Le crime est découvert, voici l'empoisonneur !
Surtout point de détours, point de rêves : oublie
Tous les égarements d'une vaine folie :
Parle avec ce ton ferme et cet œil assuré ;
Réponds, si tu le peux, comme je répondrai.
Veux-tu?

### LAZARO.

Je veux , méchant, te forcer à te taire,
Je veux d'un vil fardeau débarrasser la terre.
Ici l'un de nous deux doit mourir aujourd'hui.

(Lazaro saisit Pedro, et cherche à l'entraîner vers le précipice.)

PEDRO, *se débarrassant de ses bras, et le repoussant violemment contre un rocher.*

C'est vrai : malheur à toi !

(Il s'échappe et descend rapidement.)

## SCÈNE IV.

LAZARO, *seul.*

LAZARO, *se relevant avec rage.*

Le lâche s'est enfui !
Il va tout raconter... courons ! il faut qu'il meure !

(Il appelle).

Pedro !.. Que vas-tu faire ? ô Lazaro ! demeure.
Demeure ! c'est en vain que tu le poursuivras ;
Tes pieds te serviront aussi mal que ton bras :
C'est chercher tes bourreaux ; il vaut mieux les attendre.
Demeure : ici du moins ils ne pourront te prendre,
Et pour leur échapper tu n'as qu'à faire un pas.
Où va-t-il, ce soleil qui s'incline vers l'onde,
Ce soleil tant de fois maudit dans mes douleurs ?

En éclairant un autre monde
Va-t-il réveiller d'autres pleurs ?

Qu'il était radieux ce matin ! quelle aurore !
Il ouvrait à mes yeux un nouvel avenir :
Mes jours recommençaient ; j'allais redevenir

Indépendant, et libre encore !..
Voici la nuit ; tout va finir.

Tout va finir ! ma vengeance est trompée.

10

Mes amis, où sont-ils?.. mon fils, ô désespoir!..

Sans lui, cette brise du soir

Chasserait sur les mers notre barque échappée!..

Et le nègre jaloux, accouru pour la voir,

Ne distinguerait plus, dans ces vapeurs lointaines,

Qu'une ombre légère, un point noir,

Coupant de l'horizon les lignes incertaines...

Ah! c'est nous qui fuyons au bout de l'univers!

Entendez-vous cette voix qui vous crie :

La patrie est partout où ne sont plus les fers ;

Nous allons chercher la patrie!


Qu'ai-je dit? c'est la mort, la mort que vous cherchez.

Sur le rivage encor la barque se balance ;

A ce bord pour toujours vos pas sont attachés.

Qu'êtes-vous devenus?.. quel horrible silence !

Je suis seul... de ma voix l'écho semble effrayé.

Et moi-même, je sens un trouble involontaire.

Adieu, sol détesté! bientôt je vais me taire,

Bientôt tu m'auras oublié.

Les flots battront demain ta grève solitaire ;

Mais le soleil, en passant dans les cieux,

Ne promènera plus mon ombre sur la terre
    A côté d'un maître orgueilleux.


Eh quoi ! je pleure encore ? ô fatale faiblesse !
        Fiers souvenirs de ma jeunesse,
        Que me voulez-vous ? laissez-moi !
De mes yeux presque éteints, patrie, éloigne-toi !
Mais non ; je vois toujours tes fortunés rivages :
Je vois se dérouler tes mobiles ombrages ;
J'aspire les parfums de tes champs embaumés ;
J'entends le bruit lointain de la chanson guerrière...
Qu'ils étaient beaux ces monts, rayonnants de lumière,
        Par un peuple libre animés !
Mon cœur aimait alors : il battait pour la gloire,
        Pour la vertu, pour l'amitié :
        Il se gonflait pour la douce pitié,
        Il s'élançait pour la victoire !..
        Je n'ose plus m'interroger :
        Hors le désir de me venger
    Je ne sens rien... quoi ! mourir seul victime !
Que ne puis-je accabler aussi mes oppresseurs !
        Oui, mon trépas aurait quelques douceurs

Si je les entraînais avec moi dans l'abîme !
Dieu ! que vois-je ! Marie ! ô rochers, sortez tous,
   Sortez du sein des mers profondes !
Océan, Océan ! amoncelle tes ondes :
Nous serons deux ! Quel mot ! nous ! Je puis dire nous !
Je tremble... la voici : quoi ! si jeune, si belle,
Et si chère à mon fils !.. Eh bien ! mon fils.. est mort...
Mon épouse... était belle, était jeune... comme elle...
Elle est morte... D'où vient que je tremble si fort ?


## SCÈNE V.

### LAZARO, MARIE.

(Elle entre par le côté opposé à celui que les autres ont pris.)


#### MARIE.

Enfin, je t'ai trouvé : je cours tout le rivage :
J'ignorais les détours de ce rocher sauvage :
Autrefois dans ces lieux ton fils guidait mes pas ;
Mais personne à présent...


#### LAZARO, *l'interrompant.*

     Mendoze ne sait pas
Que vous êtes ici ?

MARIE.

Sa tendresse alarmée
D'un si juste désir m'eût sans doute blâmée.

LAZARO.

Mais Pedro? Gonzalès?...

MARIE.

Ils l'ignorent aussi.

LAZARO, *avec une joie féroce.*

Mendoze ne sait pas que vous êtes ici?

MARIE.

Non... (A part.) Pourquoi ce regard? Lui-même il s'en étonne.
Mais... cette heure... ce lieu... malgré moi je frissonne.

LAZARO.

Qu'avez-vous?

MARIE.

Je venais consoler tes douleurs :
Ne suis-je pas, hélas! la cause de tes pleurs?

**LAZARO.**

De mes pleurs? Qui vous dit que mes yeux en répandent?
Regardez-moi.

(Il sourit.)

**MARIE.**

Reviens; tes compagnons t'attendent.

**LAZARO.**

Oui... j'irai les rejoindre... avec vous.

**MARIE.**

(A part, avec joie.)

Il m'entend!

(Haut.)

Partons, je m'appuîrai sur ton bras!

**LAZARO.**

Un instant!

Racontez-moi la mort de mon fils, je vous prie.

**MARIE.**

Épargne ce récit à la triste Marie :
C'est pour moi qu'il est mort.

### LAZARO.

Pour vous... oui... je le sais ;
Je connaissais l'objet de ses vœux insensés,
Son amour.

### MARIE.

Que dis-tu ? ce mot me désespère.

### LAZARO.

Iago vous aimait beaucoup plus que son père :
Sans remords, à vos jours il a sacrifié
Son serment, son pays, les droits de l'amitié,
Moi-même.

### MARIE.

Lazaro, reprends tes sens.

### LAZARO.

Moi-même,
Vous dis-je ; ce n'est point une erreur, un blasphème,
Un rêve : je suis calme, et j'ai bien ma raison.
Savez-vous quelle main prépara le poison ?

### MARIE.

Non, je l'ignore ; et toi ?

LAZARO.

Parmi tous les esclaves
Que ne fatiguaient point les plus rudes entraves,
Avez-vous remarqué celui dont la fierté
Sous le poids du travail pliait avec gaîté?...

MARIE.

O mon Dieu! je frémis!

LAZARO.

Celui dont la folie...

MARIE.

Oh! reviens, Lazaro, reviens, je t'en supplie:
L'aspect de ce lieu sombre égare tes esprits;
Tu me fais peur.

LAZARO.

Comment! vous n'avez pas compris?
C'est moi, l'entendez-vous, moi, dont la main funeste...

MARIE, *poussant un grand cri, et tombant sur un rocher.*

Ah!

LAZARO.

Mais ce n'est pas tout : ma vengeance me reste.
Elle me reste entière, et vous allez mourir.

MARIE,

Mourir !... ô Lazaro !...

LAZARO.

Rien ne peut m'attendrir.

MARIE, *criant.*

Au secours !

LAZARO.

Rien ne peut m'effrayer.

MARIE.

O mon père !

LAZARO.

Les brigands sont encore au fond de leur repaire,
On ne vous entend pas.

MARIE.

Que t'ai-je fait?

LAZARO.

Mon fils !
Mon fils ! rendez-le-moi : c'est vous qui l'avez pris.

MARIE.

Quel reproche ! Iago, si tu pouvais l'entendre !

LAZARO.

Sans ce fatal amour, que je ne puis comprendre,
Il fuirait avec nous ; mes maux seraient finis,
Ma liberté conquise, et mes tyrans punis.

MARIE.

Nous punis ! et de quoi ? Dis-moi par quel outrage
Nous avons dans ton cœur allumé cette rage ?
Les bontés de mon père étaient donc...

LAZARO.

Des forfaits.
Pour le tigre captif il n'est point de bienfaits :

Le regard qui le flatte est un feu qui l'embrase,
La main qui le caresse un fardeau qui l'écrase.

MARIE.

Et pourtant, Lazaro, tu m'aimais, autrefois.

LAZARO.

Je ne m'en souviens plus.

MARIE.

            Au seul son de ma voix,
Au seul bruit de mes pas, dans l'herbe des prairies,
Un sourire brillait sur tes lèvres flétries ;
L'innocence, la paix, dont mon cœur était plein
Semblaient à mon aspect s'épancher dans ton sein :
Prévenant mes désirs, prompt à les satisfaire,
Et non moins que ton fils, orgueilleux de me plaire,
Quand nos jeux enfantins réclamaient ton appui,
Ne devenais-tu pas aussi jeune que lui ?
Ne te souvient-il plus de ces longues soirées
Où tu me racontais les mœurs de vos contrées,
Des festins, des combats le bizarre appareil ?...
Tiens, à cette heure même, au coucher du soleil,

Quand le nègre en chantant s'en retourne aux cabanes,
Là-bas, sous ce berceau couronné de bananes,
Dont les douces couleurs ramenaient sous tes yeux
L'image des bosquets où dorment tes aïeux...

(Lazaro s'attendrit.)

Que de fois, Lazaro, quand la chaleur brûlante,
Faisait glisser tes mains sur la bêche tremblante,
D'un vin pur, dans ta coupe en secret apporté,
Je ranimais soudain ta force et ta gaîté !
Ah ! tu m'aimais alors : « ô ma bonne maîtresse !... »
Disais-tu.

LAZARO, *tout troublé*.

Du vin !... oui... quel souvenir m'oppresse !
Où suis-je ? Vous portez le trouble dans mes sens...
Qui vous les a donnés, ces magiques accents ?
Je ne me connais plus, ma fureur m'abandonne...

MARIE.

Reviens, infortuné, reviens ; je te pardonne.

LAZARO.

Vous ! vous ! me pardonner ! vous ne le pouvez pas.

MARIE.

Je te promets...

LAZARO, *regardant avec effroi le bas de la montagne.*

On vient; c'est l'instant du trépas.

MARIE.

Que dis-tu?

LAZARO.

Voyez-vous... là... ces troupes armées?...
Et puis... de ce côté... les routes sont fermées...
(Marie veut s'échapper.)
(Il la retient : son esprit est dans le plus grand désordre.)
Vous voulez fuir! non, non, restez!

MARIE, *épouvantée.*

Pourquoi? pourquoi?

LAZARO *égaré.*

Pour mourir.

MARIE, *se laissant aller dans ses bras.*

O mon Dieu! prenez pitié de moi!

(Lazaro l'entraîne vers le précipice.)

Mon père !...

MENDOZE, *en dehors.*

O ciel ! j'entends ma fille qui m'appelle.

MARIE, *au bord de l'abîme.*

Mon père !

LAZARO, *se précipitant avec elle.*

Liberté ! vengeance !

## SCÈNE VI.

MENDOZE, *s'élançant, et après lui une foule de soldats.*

MENDOZE.

Où donc est-elle ?

# NOTE.

On trouva cette fin trop atroce pour la représentation ; voici celle que j'y substituai. Je déclare que je préfère la première, comme plus vraie.

### MENDOZE, *en dehors.*

O ciel ! j'entends ma fille qui m'appelle !

### MARIE.

Oh ! mon père, au secours !

## SCÈNE VI.

### Les précédents ; MENDOZE, PEDRO, Soldats.

### MENDOZE.

Quoi ! ce monstre avec elle !

Soldats !

### LAZARO, *au bord du précipice.*

Je veux mourir libre : n'approchez pas !
Je l'entraîne avec moi si vous faites un pas.

(Tous s'arrêtent.)

### MENDOZE, *à genoux.*

Grâce !

### LAZARO.

Ils sont à mes pieds !

(Il les contemple avec fierté, puis il s'écrie :)

Bourreau de ma famille,
Tu m'as ravi mon fils !... Eh bien, garde ta fille !

(Il la jette dans les bras de Mendoze et se précipite dans l'abîme.)


## FIN DU NÈGRE.

# NOTICE

## SUR

# LAPÉROUSE

# NOTICE

---

Deux grands noms se rattachent à cette œuvre : celui de Lapérouse qui l'inspira, celui de Dumont d'Urville qui lui vint en aide
par les conseils de la science et les encouragements de l'amitié.
Qu'il me soit permis de dire un mot sur ces hommes, la gloire de
notre marine, tous deux unis dans nos souvenirs nationaux par les
plus étranges ressemblances de talents, de caractère, de succès,
d'admirables découvertes et de lamentable fin. Noble d'Urville, il
ne se doutait pas lorsqu'il allait , au péril de sa vie, recueillir sur
les récifs de Vanikoro les débris du naufrage fatal de Lapérouse,
qu'un jour, entre Versailles et Paris, il faudrait, pour reconnaître
les restes de son propre corps,  broyé et consumé sur un chemin de
fer, des recherches aussi savantes. Singulière destinée! le premier
de ces deux grands hommes est mort victime de la barbarie, l'autre
victime de la civilisation.

J'ai connu beaucoup Dumont-d'Urville pendant ses rares appa-
ritions à Paris. Tout ce qu'on rapporte de Lapérouse s'applique à
lui, sinon qu'il n'avait pas ces formes élégantes qui dans l'ancien

marin adoucissaient à l'extérieur la fermeté de la pensée et la rigueur du commandement. Excellent homme dans les relations intimes, Dumont-d'Urville, malgré la candeur de son âme, l'indulgence de son cœur et la modestie de son esprit, se maintenait toujours froid, sérieux et même sévère, au point de simuler, par un mensonge bien involontaire, la sécheresse et l'orgueil. Génie ardent comme Lapérouse, il avait au même degré que lui l'amour de son pays, la passion de la science, l'imagination qui conçoit et la volonté qui exécute, avec la patience qui sait attendre et l'énergie qui peut tout supporter; la sévérité du commandement qui appuie l'autorité du chef sur les privations qu'il s'impose à lui-même, et la bonté paternelle qui s'oublie pour ne s'occuper que du bien-être des autres. Au reste, ce n'est point aux hommes d'une trempe vulgaire qu'est réservée la gloire des entreprises que tous deux ont exécutées : jusque dans leur fin même, il y a quelque chose qui les sépare de la foule et impose au monde leur souvenir. Mourant de vieillesse à Paris, dans un appartement bien clos, sur un bon lit, comme le premier venu, ce n'étaient plus Lapérouse et d'Urville.

Jean-François Galaup de Lapérouse naquit à Albi en 1741. Nommé garde de la marine à quinze ans, le 19 novembre 1756, enseigne le 1er octobre 1764, lieutenant de vaisseau le 4 avril 1777, il ne cessa pendant ce temps de faire des voyages lointains et de périlleuses campagnes. Capitaine de frégate en 1778, il commandait l'*Amazone* dans l'escadre de d'Estaing et se signala par la prise d'une frégate anglaise. Capitaine de vaisseau en 1780 et commandant l'*Astrée*, il prit encore aux Anglais plusieurs bâtiments sur les côtes de la Nouvelle-Angleterre. Puis l'*Astrée* passa sous les ordres de son ami Delangle, mort depuis si malheureusement, et il l'emmena sous son commandement (il montait alors le *Sceptre*) pour attaquer les Anglais dans la baie d'Hudson. Là, malgré les glaces, il assiégea et prit le fort d'York et celui du prince de Galles. Généreux et humain dans sa victoire, il laissa en se retirant des vivres et des armes pour les Anglais qui s'étaient réfugiés dans les bois. Lapérouse comptait déjà dix-huit campagnes lorsqu'il fut nommé chef d'escadre en 1784, et chargé par Louis XVI de la belle expédition où il devait trouver la mort. C'était un voyage de découvertes dont le roi lui-même avait tracé le plan, rédigé sous ses yeux et couvert de notes écrites de sa main. Il fallait assurer au commerce français la pêche de la baleine dans les mers antarctiques et la traite des pelleteries dans le nord-ouest du continent américain, reconnaître toutes les côtes du nord-ouest de l'Amérique, les mers du Kamstchatka et du Japon, les îles Salomon et toute la côte S.-O. de la Nouvelle-Hollande.

Lapérouse partit de Brest le 1er août 1785 avec deux frégates, la *Boussole*, qu'il commandait, et l'*Astrolabe*, sous les ordres de Delangle. Des marins d'un grand mérite avaient brigué l'honneur de servir sous lui : MM. de Clonard, de Vaujuas, de Monti, de Lauriston, d'Aigremont, les frères Delaborde. La science avait fourni son contingent à cette belle entreprise : Monge, si célèbre depuis comme grand mathématicien, comme ministre, comme fondateur de l'École Polytechnique ; le physicien de Lamanon ; Lepaute-d'Agelet, l'astronome, de l'Académie des sciences, le naturaliste Dufresne, le botaniste Lamartinière, les dessinateurs Prevost et Duché de Vancy, l'ingénieur Bernizet, et l'interprète de Lesseps, si connu depuis par ses longs et importants services dans nos consulats du Levant. Monge et lui furent les seuls qui échappèrent ; Monge, parce que sa santé ne lui permit pas d'aller au-delà de Ténériffe ; et lui, parce que, débarqué au Kamschatka, il revint en France par terre, à travers tout le nord de l'Asie.

Lapérouse, après avoir relâché aux Canaries, traversa l'Atlantique, doubla le cap Horn, et, le 22 février 1786, arriva à la baie de la Conception, d'où il repartit bientôt pour l'île de Pâques et les îles Sandwich. Là, dans les eaux même de l'île Owyhée, où fut tué Cook, un naufrage déplorable de ses chaloupes d'exploration lui fit perdre quelques-uns de ses plus braves officiers, entre autres les frères Delaborde. Il se dirigea ensuite vers le pôle nord et revint vers le sud, relevant les côtes N.-O. de l'Amérique jusqu'à Mon-

terey (Californie), dans l'espace de 600 lieues. Le 24 septembre
1786, il quitta Monterey, découvrit l'île Necker, passa aux îles
Marianne, relâcha à Macao en Chine et gagna Manille (Philippines).
Du 27 février au 10 avril 1787, il resta au port de Cavite, puis
reprit sa route vers le nord, côtoya le Japon et la Tartarie, relâcha
à la baie de Castries et découvrit le détroit qui porte aujourd'hui
son nom. Le 7 septembre 1787, il mouillait à Petropawlostk
(St.-Pierre et St.-Paul), dans le Kamstchatka, qu'il quitta le 29,
après avoir confié ses dépêches à M. de Lesseps, qui allait entreprendre par terre son retour aventureux.

Il reprit de là sa course au sud, en plein Océan, et passa par les
îles des Navigateurs et des Amis. C'est dans le premier de ces archipels, à l'île Maouna, qu'il eut la douleur de voir périr, sous ses
yeux, le mardi 11 décembre 1787, son ami le brave Delangle,
massacré par les Sauvages dans son canot, avec toute sa suite. Le
16 janvier 1788 Lapérouse entra à Botany-Bay (Nouvelle-Hollande).
Le 7 février, il écrivait au ministre de la marine :

« Je remonterai aux îles des Amis, et je ferai absolument tout ce
qui m'est enjoint par mes instructions relativement à la partie mé-
ridionale de la Nouvelle-Calédonie, à l'île de Santa-Cruz de Men-
daïna, à la côte S. de la terre des Arsacides de Surville, et à la
terre de la Louisiade de Bougainville, en cherchant à connaître si
cette dernière fait partie de la Nouvelle-Guinée ou si elle en est
séparée. Je passerai à la fin de juillet 1788 entre la Nouvelle-Guinée
et la Nouvelle-Hollande par un autre canal que celui de l'Endéavour,
s'il en existe un. Je visiterai, pendant le mois de septembre et une
partie d'octobre, le golfe de Carpentarie et toute la côte occidentale
de la Nouvelle-Hollande jusqu'à la terre de Diémen, mais de manière
cependant qu'il me soit possible de remonter au nord assez tôt pour
arriver au commencement de décembre 1788 à l'île de France. »

Ce furent ses dernières nouvelles : depuis, on n'entendit plus
parler de lui.

La France était alors préoccupée de graves et immenses pensées.

Mais l'honneur et la science sont de tous les régimes. Une pétition de la Société d'histoire naturelle de Paris, le 22 janvier 1791, appela sur le sort de Lapérouse l'attention de l'Assemblée constituante. Un décret fut rendu le 9 février pour prier le roi d'envoyer une expédition à la recherche de l'illustre marin. Le 28 septembre de la même année, le contre-amiral d'Entrecasteaux[1] partit de Brest pour cette expédition, avec deux navires, *la Recherche*, qu'il commandait, et *l'Espérance*, sous le commandement du capitaine Kermadec. Il parcourut avec une scrupuleuse exactitude tous les lieux indiqués dans la dernière lettre de Lapérouse et ne trouva rien. Et cependant il avait passé à une très-petite distance et en vue même du lieu du désastre. Mais dans cet horrible archipel des *Hébrides*, les mers sont très-dangereuses à cause des nombreux récifs de corail qui se dressent autour de toutes les îles pour en défendre les abords. D'ailleurs, la perte des deux navires français, le massacre des équipages étaient des faits encore trop récents pour que les naturels du pays n'eussent pas le plus grand intérêt à dérouter toutes les recherches. On avait vu, aux îles de *l'Amirauté*, par-delà l'archipel *Salomon*, des hommes couverts d'uniformes français ; d'Entrecasteaux se laissa emporter à ces vaines indications et abandonna *les Hébrides*. Son voyage ne fut donc utile qu'à la science, pour laquelle il rapporta des trésors, car il accomplit toutes les recherches que Lapérouse avait entreprises. Lui-même mourut en mer, près de Java, en 1793[2].

Un silence de trente ans couvrit ensuite la destinée de Lapérouse. Puis, un jour, on apprit qu'un navire anglais avait trouvé dans les *Hébrides* une poignée d'épée en argent avec des armoiries françaises, qui furent reconnues pour être celles de notre grand marin[3].

[1] Joseph-Antoine Bruni d'Entrecasteaux, né à Aix en 1740. Il avait commandé les forces navales dans l'Inde en 1785.
[2] La relation de son voyage a été publiée avec un magnifique atlas, par Labillardière, de l'Académie des sciences, qui l'accompagnait. Labillardière est mort en 1834. Je dois beaucoup à ses savantes indications.
[3] Cette poignée d'épée est au Musée de marine, au Louvre.

L'Europe s'émut. Le gouvernement français ordonna aussitôt une nouvelle expédition et en chargea le capitaine Dumont-d'Urville.

Jules Sébastien-César Dumont-d'Urville était né le 21 mai 1790, à Condé-sur-Noireau (Calvados). Sa première campagne remarquable, sous les ordres du capitaine Gautier, en 1819, avait eu pour objet de relever les côtes de la mer Noire. Ce fut lui qui découvrit à Milo cette belle statue que possède le Louvre, connue sous le nom de *Vénus de Milo*. En 1822 il fit le tour du globe avec Duperrey et publia à son retour la *Flore des Malouines*. Ce fut en 1826 qu'il fut nommé capitaine de frégate et chargé de découvrir le lieu du naufrage de Lapérouse. *La Coquille*, sur laquelle il avait voyagé avec Duperrey, prit le nom de *l'Astrolabe*, et fut confiée à son commandement. Il partit de Toulon le 25 avril 1826, accompagné de la *Zélée*.

Je passe sous silence les détails de cet intéressant voyage, que d'Urville a publié. Je citerai seulement le passage relatif à sa découverte de l'endroit du naufrage, dans le Mémoire qu'il lut à l'Académie des sciences, le 11 mai 1829.

D'Urville était rentré à Marseille le 25 mars de cette année : c'est à cette époque que je l'ai connu.

Il rapportait deux grandes caisses pleines de lances, casse-têtes zagayes, vases, étoffes, etc. Il rapportait surtout pour le musée les précieux débris des bâtiments de Lapérouse, recueillis au fond des récifs de Vanikoro, et que tout le monde peut voir aujourd'hui. Puis, le plan de Vanikoro, par M. Gressien, puis 182 vues, 153 portraits, 112 planches d'habitations, monuments, costumes, ustensiles, etc., dessinés par M. de Sainsson, peintre de l'expédition, trésors inappréciables, bien faits pour inspirer un poëte qui rêvait alors pour son œuvre nationale une représentation digne du sujet et du pays.

Extrait du rapport sur le voyage de l'Astrolabe, lu par son capitaine Dumont-
d'Urville, le 11 mai 1829, à l'Académie des Sciences.

(Recherche de Lapérouse.)

Le 12 février 1828, au coucher du soleil, nous aperçûmes à l'horizon
les sommités de Vanikoro, et le 14, de bonne heure, nous commençâmes
à prolonger les récifs qui ceignent la côte du sud, cherchant une issue
pour pénétrer au dedans. Nos efforts furent inutiles, et nous étions déjà
près de la pointe occidentale, quand un vent d'ouest inattendu me mit à
même de revenir au vent de l'île. J'en profitai pour rechercher, durant trois
jours, l'île Taumako, célèbre par le Voyage de Quiros.

Le 19 je vins me présenter de nouveau devant Vanikoro. Le 21, je
conduisis la corvette dans un petit espace, entre les récifs situés sur sa
partie orientale, que nous avons nommé Hâvre d'Ocili. Dès le 23 février
j'expédiai M. Gressien, avec plusieurs autres officiers, dans le grand canot
armé en guerre, vers les récifs de l'ouest. Il revint le lendemain, après
avoir fait le tour entier de l'île. Il rapporta quelques débris qu'il s'était
procurés par les insulaires : mais ceux-ci n'avaient point voulu lui enseigner le lieu même du naufrage. M. Jacquinot et quatre autres personnes repartirent, le 26, dans le grand canot : ils furent plus heureux, car,
séduit par l'appât d'un morceau de drap rouge, un sauvage les conduisit
à l'endroit même où avait échoué un des malheureux bâtiments de Lapérouse. Là, nos gens virent, disséminés au fond de la mer, à trois ou
quatre brasses, des ancres, des canons, des boulets, des saumons en fer et
en plomb, etc., principalement une immense quantité de plaques de ce
dernier métal, seuls témoins durables de cette funeste catastrophe. Tout
le bois avait disparu, et les objets plus minces en cuivre ou en fer étaient
corrodés par la rouille et complètement défigurés. M. Jacquinot tenta de
soulever une des ancres; mais les coraux qui depuis quarante ans
avaient bâti tout à l'entour, la retenaient avec trop de force au fond.

Je me décidai alors à y envoyer la chaloupe même : et pour mettre la
corvette en sûreté durant son absence, je la conduisis dans la baie intérieure, qui a reçu le nom de baie de Manevaï. Cette manœuvre pénible,
au travers d'un canal étroit, obstrué de coraux et bordé de brisans redoutables, nous coûta deux journées entières de travaux opiniâtres, et nous
força de mouiller et de relever plus de quarante ancres, tant grandes que
petites, par des fonds de vingt-cinq à trente brasses, courant le danger de

voir à chaque instant le navire se briser et s'engloutir le long de ces tris-tes récifs.

L'*Astrolabe* fut enfin amarrée dans le paisible bassin de Manevaÿ, et à l'abri de toutes craintes par rapport aux vents et à la mer. Après cette opé-ration, le 3 mars, à trois heures et demie du matin, la chaloupe, armée en guerre, et la baleinière, partirent sous les ordres de MM. Gressien et Guilbert. La mission du premier était de reconnaître, avec tout le soin possible, les récifs de Païou et de Vanou ; et celle du second, de se pro-curer des débris remarquables du naufrage. Ils furent deux jours entiers absents du bord, et ils ne revinrent que le 5, à cinq heures et demie du matin. Quoique contrarié par le mauvais temps, M. Gressien exécuta sa reconnaissance : et M. Guilbert, après de grandes difficultés et de violents efforts qui endommagèrent la chaloupe, parvint à se procurer une ancre de dix-huit cents livres environ, un canon court en fonte du calibre de huit, tous deux corrodés par la rouille et couverts d'une croûte épaisse de coraux, un saumon de plomb et deux pierriers en cuivre assez bien con-servés.

La vue de ces objets et les renseignements obtenus par les naturels me donnèrent l'intime conviction que les frégates de Lapérouse avaient péri à Vanikoro, et je m'assurai facilement que tous les officiers de l'*Astrolabe* partageaient le même sentiment. Alors je leur communiquai le projet que j'avais depuis longtemps conçu, d'élever près de notre mouillage, à la mémoire de nos infortunés compatriotes, un monument modeste, mais suffisant pour attester notre passage à Vanikoro, et y laisser un témoignage de nos regrets. Cette proposition fut reçue avec empressement de tous mes compagnons de voyage. Sans différer, et accompagné de plusieurs d'entre eux, je descendis sur le récif qui s'avance en pointe basse et cerne en partie le hâvre de Mangadeÿ : nous choisîmes une petite touffe de mangliers verdoyants pour y placer ce cénotaphe. Leurs racines entrelacées devaient consolider sa base, tandis que son chapiteau serait assis sur qua-tre pieux solidement fixés au sol. Je désignai M. Lottin pour suivre le travail des charpentiers et l'érection de ce monument, qui fut commencé le 6 mars au matin.

Malgré les chaleurs brûlantes d'un soleil vertical, malgré les travaux excessifs et les fatigues inouïes que chacun de nous avait essuyés, tout l'équipage s'était maintenu en bonne santé. Mais au retour de la chaloupe, tout changea subitement de face : le temps, constamment sec et serein, se gâta tout-à-fait. Le vent passa du nord-ouest au sud-ouest, accompagné de rafales assez fortes et de grains pesants. Les torrents de pluie furent continuels durant huit à dix jours, et ils nous plongèrent dans une atmo-

sphère de chaleur et d'humidité, qui devint, vraisemblablement, la source
des maux dont nous fûmes bientôt accablés. (Détails des maladies). Cepend-
dant, la construction du cénotaphe avait été poursuivie ; le 14, il fut entièrement terminé, et son inauguration fut consacrée par trois décharges
de mousqueterie et une salve de vingt et un coups de canon.

Dès lors, j'eusse vivement souhaité pouvoir reprendre la mer ; mais les
passes du nord m'étaient inconnues : je dus attendre un temps un peu
moins affreux pour expédier M. Gressien à la reconnaissance de ces dangereux labyrinthes. Ce ne fut qu'après trois tentatives inutiles qu'il parvint
à découvrir un canal par lequel l'*Astrolabe* put se hasarder avec quelques
chances de succès. Enfin, le 17 mars, nous profitâmes d'une faible brise
du sud au sud-est pour mettre à la voile. Cette opération ne put se faire
qu'avec beaucoup de lenteur, car nous avions à peine vingt hommes en
état d'agir. En outre, nous étions obligés de surveiller avec soin les démarches des naturels, que notre extrême faiblesse avait rendus audacieux......

Si le mauvais temps nous eût retenus quelques jours de plus dans la rade
de Manevaï, la fièvre eût saisi la plupart des hommes qui restaient sur pied;
dès-lors notre perte devenait inévitable. Aussi, malgré notre détresse,
nous éprouvâmes tous, en nous voyant délivrés des récifs de cette île funeste, un sentiment de joie comparable à celui de prisonniers qui échappent aux tourments de la plus dure captivité.

D'après les renseignements que j'ai pu me procurer des naturels, il
paraîtrait que les frégates de M. de Lapérouse seraient tombées sur les
brisans de Vanikoro, par une nuit obscure et pendant laquelle aurait régné
un violent coup de vent de sud-est; l'un des bâtiments aurait touché dans
la partie du sud. Là, bientôt détruit par la force du vent et des flots, il
aurait coulé en très-peu de temps, et une trentaine d'hommes au plus
seraient parvenus à gagner la terre. L'autre vaisseau, échoué sous le vent
de l'île, et mieux abrité, serait resté longtemps en place. L'équipage entier aurait pu débarquer à la côte, dans le district de Païou, où il aurait
sur-le-champ travaillé à construire un petit navire des débris du grand.
Le travail aurait exigé sept lunes de séjour dans l'île, après lesquelles,
suivant l'opinion la plus répandue, tous les Français, sans exception, seraient partis de Vanikoro : quelques-uns cependant prétendent qu'il en
resta deux qui moururent en moins de deux années. Du reste, il nous
paraît presque impossible qu'il puisse maintenant exister aucun Français,
soit à Vanikoro, soit même dans les îles voisines. Les dépositions unanimes des habitants, nos courses et nos observations sur Vanikoro semblent ne laisser aucun doute à l'égard de cette île. En outre, nous avons

trouvé et interrogé des naturels de Nitendi et Toupoua (Sainte-Croix-Kourry), qui nous ont affirmé qu'il n'y avait qu'un seul blanc à Nitendi provenant d'un navire baleinier, qui y était passé il y a quelques années. Ceux de Nitendi conservent encore le souvenir de l'apparition des vaisseaux de M. d'Entrecasteaux sur cette côte.

Le groupe de Vanikoro se compose de quatre îles, dont deux assez grandes et fort élevées, et deux très-petites, qui, toutes ensemble, au premier abord, semblent n'en former qu'une seule, environnée d'un récif immense de trente à quarante milles de circuit. C'est certainement la même île [1] que le général d'Entrecasteaux appela l'*île de la Recherche*, en 1793, et qu'il jugea beaucoup plus petite qu'elle n'est, à cause de la grande distance (douze ou quinze lieues), à laquelle le vent l'obligea d'en passer. Enfin nous-mêmes, sur la *Coquille* [2], en 1823, nous n'en passâmes qu'à cinq ou six lieues. N'était-ce pas une sorte de fatalité attachée au sort de notre illustre Lapérouse, que deux expéditions françaises dussent passer si près du théâtre de son infortune sans en avoir connaissance, et qu'une troisième ne pût y pénétrer qu'au risque de partager sont sort!

J'ai conservé au groupe entier le nom de Vanikoro, depuis longtemps célèbre par la connaissance qu'en eut Quiros à Taumako, et qu'il écrivit *Mallicolo*; à l'île la plus élevée, celui d'*Ile de la Recherche*. J'ai donné à la seconde île le nom de *Tevaï*, d'un de ses villages, quoique celui appelé proprement *Vanikoro* s'y trouve aussi situé, et j'ai laissé aux deux petites îles les noms des naturels, *Manevaï* et *Nanunha*. *Païou* et *Vanou* ne sont point des îles distinctes, mais des districts de la grande île.

Dès que l'*Astrolabe* fut hors des récifs de Vanikoro, je serrai le vent au nord nord-est et nord-est pour tenter une nouvelle recherche de Taumako, que le mauvais temps m'empêcha de terminer avec succès, etc...........

J'avais conçu le plan de ma pièce pendant le voyage de d'Urville; je l'exécutai à son retour, aidé et surtout animé par ses conversations fécondes. Je la lus à la Comédie-Française, où elle fut reçue le 30 juillet 1829. Mademoiselle Mars assistait à la lecture et

[1] M. d'Urville croit que Vanikoro a été vue pour la première fois en 1791, par le Cap. Edwards de la *Pandora*, qui la nom ma *Pitt*.

[2] Même corvette, depuis nommée l'*Astrolabe*.

me demanda le rôle d'Améa. J'étais trop heureux de cette avance pour me préoccuper des craintes que devait inspirer l'âge déjà avancé de l'illustre comédienne jouant un rôle si jeune sous un costume si peu habillé. Elle y tenait pourtant, malgré les avis réitérés de ses amis qui l'en détournaient avec tous les ménagements nécessaires en pareil cas : moi, j'allai la voir, je lui dessinai des costumes et des parures où la dissimulation se voilait sous l'apparence de la fantaisie et de l'originalité. Je tenais beaucoup à l'avoir pour interprète, mais je tenais surtout à ce que l'ouvrage fût monté avec une grande pompe. Or, à cette époque, la Comédie française était très-pauvre ; on attendait quelques succès pour remplir la caisse. On ajourna : la révolution de 1830 survint ; je quittai Paris pour plusieurs années, et cessai de réclamer mes droits et mon tour.

Je publie la pièce telle que je la composai, en y conservant ce qu'on est convenu au théâtre d'appeler des *longueurs*, c'est-à-dire les développements d'idées, de passions, de poésie en un mot, que le lecteur aime ou tolère, et qui souvent impatientent le spectateur, toujours pressé d'en finir. Je suis convaincu, moi, que le mérite de mon œuvre tient à ces développements, et je ne vois plus pourquoi j'étranglerais ma pensée dans d'étroites coulisses. Les lecteurs, si j'en ai, me donneront raison.

Un mot sur l'ouvrage.

Des six personnages qui font l'action du drame, quatre sont historiques.

1° Lapérouse : J'ai cherché à lui conserver son noble caractère, sa passion pour le bien de l'humanité, son amour pour son pays, son intrépidité toujours calme et son sublime désintéressement.

2° Law de Lauriston : C'était un des meilleurs officiers de l'expédition. Lapérouse le mentionne dans ses rapports comme *très-curieux* et *très-passionné pour les découvertes, et d'un zèle infatigable pour les observations*. Il le qualifie de *sujet distingué*. Ce jeune homme était petit fils du fameux financier Law, et frère du marquis de Lauriston, si distingué par ses campagnes sous l'Empire, depuis ministre de la maison du roi, pair et maréchal de France, mort en 1828.

3° Lastennec, vieux matelot provençal : J'ai pris son nom sur les états de l'équipage de *la Boussole*.

4° Eromingo : J'ai désigné sous ce nom le sauvage d'Otaïti, amené en France par Bougainville en 1769. On sait qu'il resta onze mois à Paris et excita une immense curiosité. En 1770 on le transporta à l'île de France, d'où il fut reconduit dans l'Océanie. Je me suis plu à tracer ce caractère d'un sauvage qui n'a vu de près la civilisation que pour la haïr, et, de toutes les attentions insolentes dont il fut l'objet, n'a conservé qu'un désir d'impitoyable vengeance.

De toutes les couleurs locales que j'ai répandues dans mon ouvrage et dont je garantis l'exactitude au nom de Dumont-d'Urville, il en est une fausse et pour laquelle je demande un pardon que son impassible sévérité ne pouvait pas m'accorder : c'est la couleur des visages. Toute pièce était impossible avec les noires vérités de Vanikoro : j'ai passé là-dessus l'éponge de la poésie. Qu'importe, après tout, si la peinture des âmes est vraie comme celle des lieux, si les nobles idées que la France chrétienne envoyait avec son Lapérouse sur ce monde barbare, si les atroces passions qui se dressaient devant ces idées pour les étouffer sont reproduites dans des tableaux tracés avec conviction et énergie ! Je n'ose dire que j'aie atteint ce résultat, mais je demande avec instance à n'être jugé que sous ce point de vue.

G. O.

# LAPÉROUSE

Tragédie en cinq actes.

Reçue au *Théâtre Français*, le 30 juillet 1829.

# PERSONNAGES.

LAPÉROUSE (Jean-François Galaup de), chef d'escadre, 47 ans.
LAURISTON (Law de), lieutenant de vaisseau, 27 ans.
LASTENNEC, vieux matelot.
ZODAI, enfant de 13 ans, roi de Vanikoro.
AMÉA, sa sœur, 20 ans.
EROMINGO, chef des Prêtres, 40 ans.
ZÉBOUM, Guerrier,
PAOTARRI, id.
Guerriers, Prêtres, hommes et femmes sauvages.

————

La scène est à Vanikoro en 1789.

# ACTE I.

---

Le théâtre représente une pelouse, sous des bananiers, au penchant d'une montagne, et non loin de la mer, qu'on doit apercevoir d'un côté, dans le fond ; de l'autre, la montagne continue à s'élever.

Sur une petite éminence, au fond de la scène, est la cabane royale, entourée d'un jardin cultivé, que ferme une haie de bambous. On doit y remarquer des arbustes odoriférants, le pamplemousse, l'yamboos, le gardenia, etc. Auprès doit passer un ruisseau ombragé de mangliers, qui descend vers la mer.

Sur le devant du théâtre, est la cabane des Français ; et vis-à-vis, sur le même plan, un petit monument en pierres entassées sans art, surmonté d'une croix. On y lit en caractères grossiers les noms suivants : De Clonard, De Monti, D'Aigremont, Lepaute D'Agelet, D'Arbaud, Duché de Vancy, Broudou, de Vaujuas. Les noms continuent sur les autres faces du monument.

A divers plans, et dans le fond, sur la montagne, on distingue quelques huttes de sauvages ; elles sont en général construites avec des colonnes d'arbre à pain, serrées les unes contre les autres et couvertes d'un toit de feuilles de palmier. La porte est une simple ouverture, fermée par une planche.

## SCÈNE I.

### LAPÉROUSE, LAURISTON, ZODAI, AMÉA, ZÉBOUM ;
#### SAUVAGES.

(Au lever du rideau, des sauvages sont occupés à orner la cabane royale avec les débris du bâtiment français échoué sur les côtes ; d'autres travaillent au jardin. Lapérouse, au fond, dirige et surveille leurs travaux.

Sur le devant, Lauriston, assis, dessine la vue du rivage. Des insulaires, groupés autour de lui, expriment par des gestes leur admiration, en comparant son ouvrage aux objets qu'il copie.

42

En face, Zodaï, debout près du monument, et environné d'une foule
nombreuse, à genoux ou couchée à ses pieds, suit avec la pointe
d'une flèche les syllabes des noms écrits sur la pierre, et semble
méditer profondément. Zéboum, à demi couché près d'un arbre,
regarde cette scène avec mépris.

Améa, suivie de quelques jeunes filles, descend la montagne, et
s'arrête au fond, près de Lapérouse.)

**AMÉA,** à *Lapérouse.*

Ami, prends du repos; l'air est brûlant : les yeux
Ne peuvent supporter les reflets de la plage.
Le soleil immobile est au plus haut des cieux;

    Les cocotiers n'ont plus d'ombrage.

    Reste au moins sous ces bananiers ;

Ton front sera couvert de leur large feuillage :
Tiens, j'ai pressé pour toi, dans ce beau coquillage,

    La liqueur fraîche des palmiers.

(Elle lui présente un coquillage en nacre de perles.)

**LAPÉROUSE.**

Merci, bonne Améa.

    (Il boit.)

**AMÉA,** *s'approchant de Lauriston, et regardant son ouvrage.*

    Dieux ! voici nos cabanes,
Les mangliers, et le ruisseau,
Et les gazons, et les grandes lianes

Qui sur nos fronts se courbent en berceau.

Et puis la mer, la mer immense

Qui blanchit nos récifs de son flot bondissant,

Comme un long mur noirci s'élève en grandissant,

Et finit où le ciel commence!

Dis-moi, qui t'a donné ce merveilleux secret

D'animer la feuille insensible,

De reproduire d'un seul trait

L'ouvrage de l'être invisible?

Mais que vois-je? moi-même!.. ah! voici mon portrait!

C'est moi!... c'est le bon Lapérouse.

(Lapérouse s'approche et regarde.)

C'est Zodaï!

ZODAI, *s'approchant.*

Moi?

AMÉA.

Tiens, regarde.

ZODAI, *montrant le dessin.*

Et ce vieillard,

Au milieu de la foule assis sur la pelouse?

### LAURISTON.

C'est ton père.

### ZODAI.

Ah! ma sœur, détourne ton regard :
Toi, Lauriston, cache-nous son image.

### LAURISTON.

Quoi! c'est lui dont la main nous sauva du naufrage,
Et tu veux!...

### ZODAI.

Tu sais bien que demain sur ces bords
De nos aïeux la fête se célèbre :
Et malheur à celui qui dans ce jour funèbre
Voit devant soi la figure des morts[1]!

### LAPÉROUSE.

Et comment l'oublier, ce prince magnanime?
A chaque pas je le retrouve ici :

---

[1] Voir en rêve la figure d'un mort, ce jour-là, c'était signe de fin prochaine.

Il faut donc l'oublier aussi

La nuit où son secours nous tira de l'abîme!

Nuit affreuse!... les vents contre nous déchainés;

   Nos deux vaisseaux désunis, entraînés

Par des courants fougueux, et sillonnant sans voiles

Un océan sans fin sous un ciel sans étoiles!...

   Le mien lancé sur des écueils couverts,

      Et de ses cavités profondes

Le bruit sourd m'anonçant le passage des ondes

Qui se précipitaient dans ses flancs entr'ouverts!...

    Et puis des côtes inconnues,

   Des monts lointains, dont le feu des éclairs

Dessinait un moment le contour dans les nues...

Ce tumulte confus où ma voix se perdait,

Ces cris de désespoir, ces signaux de détresse

     Auxquels l'écho seul répondait,

     Ces eaux qui s'élevaient sans cesse,

   Et ce vaisseau qui toujours descendait!...

    Ah! Zodaï, de ma pensée

Cette image jamais ne peut être effacée.

C'est là, sur ce récif... les flots moins agités

Refléchissaient du jour les premières clartés;

Là que j'ouvris les yeux : une foule empressée

Était debout à mes côtés.

Ton père m'apparut comme un Dieu favorable :
<br>Sa douce voix, son air humain,
<br>Le rameau vert qu'il tenait à la main,
<br>Tout m'assurait un accueil secourable...
<br>Mais cet accueil, je le payais bien cher !

J'appelai mes amis : il me montra la mer;
<br>Des corps inanimés; des débris que l'orage
<br>Reprenait tour à tour et rendait au rivage;
<br>Lauriston, qu'Améa ranimait avec toi,
<br>Et le vieux Lastennec, qui pleurait près de moi :
<br>C'était là tout. Depuis ce jour funeste,
<br>Bien des jours ont passé, bien des mois : notre ami
<br>Du dernier sommeil a dormi,
<br>Et ce portrait fidèle est tout ce qui nous reste.
<br>Laisse-moi contempler ces traits; j'aime à les voir...

ZÉBOUM, *à part.*

Regarde-les longtemps !

ZODAI.

Non, du moins pas ce soir;
<br>Tu le pourras demain, mon ami, je t'en prie.

Tu ne veux pas mourir sans revoir ta patrie?

LAPÉROUSE.

Oh ! non.

ZODAI.

Viens, tu vas voir comme de tes leçons
J'ai su pénétrer les mystères.
J'ai voulu m'essayer sur de vains caractères,
Et je puis lire tous ces noms.

LAPÉROUSE.

Ces noms ?

ZODAI.

Oui.

LAPÉROUSE.

Je t'écoute, ô mon fils.

ZÉBOUM, à *part*.

Sacrilège!
Puissent nos dieux punir cet affreux sortilège!

ZODAI, *indiquant avec sa flèche les noms du monument, et lisant lentement.*

## De Clonard... De Monti... d'Aigremont...[1]

### LAPÉROUSE.

#### De Clonard!

### ZODAI.

## Me serais-je trompé?

### LAPÉROUSE.

## Non, c'est bien.

---

[1] De Clonard, capitaine de vaisseau, faisant fonctions de premier lieutenant sur *la Boussole*, que commandait Lapérouse : de Monti, même grade et mêmes fonctions sur l'*Astrolabe*, commandée par Delangle : d'Aigremont, jeune enseigne sur l'*Astrolabe*.

Voici les notes de Lapérouse sur ces officiers :

« De Clonard, officier de beaucoup de mérite, qui joint aux talents de son métier un caractère d'exactitude, de zèle, d'honneur et d'amour de la gloire qui le rend à mes yeux un des hommes les plus excellents que j'aie connus. »

« De Monti, excellent homme de mer, modèle de sagesse, de prévoyance et de fermeté. » — Après la mort si malheureuse de Delangle, il commanda l'*Astrolabe* jusqu'à Botany-Bay, où M. de Clonard le remplaça de droit ; alors il passa sur la *Boussole*.

« D'Aigremont, qui a aujourd'hui beaucoup d'expérience du métier de la mer, est courageux et capable d'entreprendre. Il ne dément pas les espérances que donne communément une jeunesse vive et dissipée. Il approche de la maturité, qui le mettra bientôt en état de rendre des services distingués, parce qu'il a du jugement et du caractère. »

AMÉA.

> Le bel art!

LAPÉROUSE.

Ah ! de la marine de France
Ils étaient tous la gloire ou l'espérance :
Que sont-ils devenus?

ZODAI, *lisant avec plus de peine le nom de Lepaute d'Agelet.*

> Aide-moi, mon ami :
Lepaute...[1] Je ne sais ce nom-là qu'à demi.

LAPÉROUSE.

Lepaute d'Agelet... Infortuné jeune homme,
Hardi navigateur et savant astronome,
Tu ne cherchais pourtant ni la gloire ni l'or,
  Ni les honneurs ; mais un plus doux trésor.
    Oublié d'un monde futile,
    Et guidant notre course agile
    Dans ces parages dangereux,

---

[1] Lepaute d'Agelet, de l'Académie des sciences, professeur à l'École militaire, embarqué sur la *Boussole*.

Tu possédais le bien que réclamaient tes vœux,
La science pour être utile,
L'obscurité pour être heureux.

ZODAI.

Je ne te comprends pas, mon père.

LAPÉROUSE.

Continue.

ZODAI, *continuant*.

Seule à nommer ce mot ma bouche est parvenue :
Écoutez bien : d'Arbaud [1].

LAURISTON.

Mon pauvre compagnon !
Quand nos yeux enfantins, sur la sphère mobile,
Suivaient avec transport Pagès et Bougainville,
Qui me l'eût dit qu'un jour, comme objet de leçon,
Sur un de ces lointains rivages,
Un jeune roi de peuplades sauvages

---

[1] De Roux d'Arbaud, lieutenant de vaisseau, embarqué comme volontaire sur la *Boussole*, pour suivre Lapérouse, dont il était l'ami.

Près d'un tombeau prononcerait ton nom?

### ZODAI.

Vos paroles, toujours, sont pleines de mystères,
    Vous me gênez dans mes plaisirs.

### LAPÉROUSE, *montrant le monument.*

Ces mots ne sont pour toi que de vains caractères,
    Pour nous ce sont de cruels souvenirs.

### AMÉA.

Mais pourquoi ces regrets? nous t'aimons, tu nous aimes;
    (A Lapérouse.)              (A Lauriston.)
Mon père était ton frère; et mon frère est le tien :
             (A tous deux.)
    Vous devez être heureux vous-mêmes,
    Vous nous avez fait tant de bien !
Quels secrets dans nos cœurs, charmés de les apprendre,
    Du haut des cieux vous avez fait descendre!
      Nos devoirs nous sont mieux connus;
    De ses enfants la mère est mieux chérie;
    Les mots de Dieu, de père, de patrie,
Veulent dire pour nous quelque chose de plus.

Nos bras, guidés par vous, ont orné nos demeures,
Fécondé nos jardins : et ce temps dont les heures
Comme un rêve des nuits s'effaçaient pour toujours
Dans notre souvenir a laissé tous ses jours.
Vous avez découvert à notre âme ravie
  Un autre monde, une autre vie :
Ces lieux même, ces lieux sont devenus plus beaux;
Nous aimons l'air, les eaux, les gazons, la lumière,
  Nous aimons la nature entière,
 Nous sourions jusque sur les tombeaux.

### LAPÉROUSE.

Voilà le plus doux prix où je pouvais prétendre,
Vous voir plus éclairés, plus sages, plus heureux...
  Ah! si mon roi pouvait t'entendre!
  Mon roi si bon, si généreux!
« De ces peuples enfants dissipez l'ignorance ;
 « Me disait-il : De nos arts bienfaisants
« Répandez en tous lieux les utiles présents :
« Dans l'univers entier faites aimer la France...»
Dans l'univers !... ô fatal souvenir !
Du moins, si notre état devait bientôt finir,
  Si nos amis vivaient encore !

Si leur vaisseau jusques à l'île Aurore
Du moins avait pu parvenir !

### ZODAI.

Écoute ; Eromingo va bientôt revenir ;
Il te dira de leurs nouvelles.

### LAPÉROUSE.

Nous fera-t-il des récits bien fidèles ?

### LAURISTON.

Il a dû parcourir tous les lieux d'alentour.

### LAPÉROUSE.

Je désire à la fois et je crains son retour.

### LAURISTON.

Quel autre pouvions-nous charger de ce message ?

### ZODAI.

C'est lui qui de nos dieux interprète les lois,
Il ne peut nous tromper.

AMÉA.

D'ailleurs, dans son jeune âge,
Il a vu ton pays; il s'en souvient : sa voix
Murmure encore quelquefois
Des sons de votre beau langage.

LAPÉROUSE.

Six lunes ont brillé depuis qu'il est parti.

ZODAI.

C'est vrai, mais il revient; car ses deux tourterelles,
Par leur roucoulement, par le bruit de leurs ailes,
Ce matin m'en ont averti[1].

AMÉA.

Et puis il ne veut pas, comme chef de nos prêtres,
Qu'on célèbre sans lui la fête des ancêtres.

## SCÈNE II.

LES PRÉCÉDENTS ; LASTENNEC, *descendant de la montagne.*

LASTENNEC.

Le voilà! le voilà! je viens d'apercevoir

---

[1] Les habitants de Vanikoro attribuent à ces oiseaux un instinct prophétique.

A l'horizon nord-est se former un point noir :
C'est la pirogue : à moins que vers la marée haute
  Le vent ne souffle de la côte,
  Dans ces eaux il sera ce soir.

LAPÉROUSE.

O mon Dieu ! c'est la vie ou la mort qu'il m'apporte!
Suivez-moi, mes amis, observons le signal
  Qu'il va nous donner.

LASTENNEC.

    Général,
Sur la montagne il fait bien chaud.

LAPÉROUSE.

      N'importe !

(Ils sortent tous, excepté Zéboum et Lastennec, et montent la
montagne.)


## SCÈNE III.

LASTENNEC; ZÉBOUM, *qui est resté à sı place.*

LASTENNEC.

Eh bien, tu ne vas pas avec les autres?

**ZÉBOUM.**

Non.

**LASTENNEC.**

Pourquoi ne suis-tu pas Lapérouse ?

**ZÉBOUM.**

A quoi bon ?

Je suis bien là.

**LASTENNEC.**

Ton chef va venir.

**ZÉBOUM.**

Qu'il arrive.

**LASTENNEC.**

Comment ! tu n'iras pas l'attendre sur la rive ?

**ZÉBOUM.**

Peut-être.

**LASTENNEC.**

Allons, monsieur ne veut pas se gêner.

Voilà comme ils sont tous : dormir, se promener,
Se coucher sous un arbre, et manger... quelle vie !
Quel ennui !

ZÉBOUM.

Que dis-tu ?

LASTENNEC.

Je dis que je m'ennuie.

ZÉBOUM.

Je n'entends pas.

LASTENNEC.

Je dis que je voudrais partir.

ZÉBOUM.

Pars.

LASTENNEC.

Si mon général y pouvait consentir,
Nous irions, en pirogue...

ZÉBOUM.

Où ?

LASTENNEC.

Tiens ! belle demande !
Nous irions... loin d'ici... sur la mer.

ZÉBOUM.

Elle est grande,
La mer.

LASTENNEC.

Oui, bien plus grande encor que tu ne croi ;
Mais je n'en ai pas peur ; c'est mon pays, à moi...

ZÉBOUM.

Ton pays ?

LASTENNEC.

Oui : j'ai vu les eaux avant la terre :
Les vagues m'ont bercé sur le sein de ma mère.
J'eus pour premiers joucts les cordages mouvants,
Les longs plis de la voile, et le souffle des vents ;
Pour premier toit, le ciel ; pour lit, une chaloupe :
J'ai grandi sur des mâts, vieilli sur une poupe.
Je veux la mer : ici je ne saurais marcher,
Que le sol à mes pieds ne semble s'attacher :

Cette immobilité qui partout m'environne,
Ces vallons rétrécis, ce bord qui m'emprisonne,
Ces éternels gazons sous mes pas étendus,
Cet air brûlant qui souffle et ne m'emporte plus,
Tout cela me fatigue et m'abat : dans un rêve
Il me semble parfois que l'île se soulève,
Et, comme un grand vaisseau qu'on lance sur les mers,
Se détache, et m'entraîne au bout de l'univers.

ZÉBOUM.

Heureusement qu'un Dieu la retient sur sa tête [1].

LASTENNEC.

Un Dieu !... que vas-tu faire, ô Lastennec? arrête :
A ce peuple crédule et superstitieux
Mon général défend qu'on parle de ses Dieux.

ZÉBOUM.

D'ailleurs, Eromingo va le rendre propice,
Et demain vous verrez un fort beau sacrifice :
Vous n'étiez pas encor dans cette île au dernier?

---

[1] Les sauvages de Vanikoro croyaient que leur île était sur la
tête d'une divinité de la mer.

LASTENNEC.

Non.

ZÉBOUM.

Sans doute il ramène un nouveau prisonnier.

LASTENNEC.

Un prisonnier!.. pourquoi? je crains de te comprendre.

ZÉBOUM.

Eh bien ! cette nouvelle a l'air de te surprendre !
Tu demandes pourquoi?

LASTENNEC.

Oui.

ZÉBOUM.

Tiens !.. pour l'égorger.

LASTENNEC.

O ciel ! on tue un homme !

ZÉBOUM.

On tue un étranger.

LASTENNEC.

Comment! Eromingo, que je croyais si sage,
N'a pas anéanti cet exécrable usage!

ZÉBOUM, *souriant*.

Eromingo!

LASTENNEC.

Quoi! lui, qui, dans ses jeunes ans,
A suivi Bougainville en France!

ZÉBOUM.

Ils sont plaisants!
Gardez vos sentiments, et laissez-nous les nôtres.
Eromingo chez vous a-t-il blâmé les vôtres?

LASTENNEC.

Nous ne versons jamais le sang humain.

ZÉBOUM.

Jamais?

LASTENNEC.

Nous tuons les méchants.

ZÉBOUM.

Quels sont vos droits?

LASTENNEC.

Eh ! mais...

(A part.)

Si monsieur Lapérouse était là !... que répondre?...

(Haut.)    (A part.)

La justice... d'un mot il saurait le confondre.

(Haut.)

Mais vous faites un crime.

ZÉBOUM.

Et pour quelle raison?

LASTENNEC.

Cet homme vous ressemble.

ZÉBOUM.

Après?

LASTENNEC.

Il a maison,

Femme, enfants.

ZÉBOUM.

C'est possible.

LASTENNEC.

Il veut vivre.

ZÉBOUM.

Sans doute.

LASTENNEC.

Eh bien?

ZÉBOUM.

Il faut qu'il meure.

LASTENNEC.

Oh ! quelle tête !

ZÉBOUM.

Écoute :

Le héron, comme l'aigle, a son nid, ses petits,
Sa compagne ; il ressent les mêmes appétits,
Il aime à vivre. Il peut, les ailes étendues,

S'élever dans les airs et traverser les nues :
Pourtant l'aigle le tue, et le mange.

LASTENNEC.

Il fait bien ;
Mais la comparaison ici ne prouve rien :
Je te parle d'un homme, et...

ZÉBOUM.

La chose est la même.

LASTENNEC.

Dieu ! si mon général était là... quel blasphème !
Se peut-il qu'un sauvage ait raison contre moi !
Je sens bien qu'il se trompe, et ne sais pas pourquoi.
Ah ! leur férocité n'était donc qu'assoupie !...
Courons-en prévenir mon général.

ZÉBOUM, *le regardant aller.*

Impie !

## SCÈNE IV.

ZÉBOUM, PAOTARRI.

PAOTARRI.

Que disait-il ?

ZÉBOUM.

Qu'il faut désobéir aux Dieux,
Et ne point immoler les étrangers.

PAOTARRI.

Tant mieux !
Une insulte de plus.

ZÉBOUM.

Si j'en crois sa parole,
C'est un crime.

PAOTARRI.

Et qui donc veut-il que l'on immole?
Un de nous?... mais d'ailleurs, tout cela va finir :
Eromingo revient, nous allons les punir.

ZÉBOUM.

Et s'il nous apportait des nouvelles funestes,
S'il restait près d'ici d'autres Français !

PAOTARRI.

Leurs restes
Sont détruits.

**ZÉBOUM.**

Vrai ?

**PAOTARRI.**

Viens voir la pirogue : ses mâts
Portent le noir bouquet des plumes du choucas :
Tous les Français sont morts, et nous sommes les maîtres.

**ZÉBOUM.**

Mais le Roi?

**PAOTARRI.**

Que pourra le Roi contre les prêtres?
Et puis, c'est un enfant; on peut l'intimider;
Et ce qu'un Dieu commande, il faudra l'accorder.
Mais voici Lauriston et sa belle compagne.
Viens, prenons un détour, et gagnons la montagne.

(Lauriston et Améa descendent la montagne ; les sauvages s'éloignent par un autre côté.)

## SCÈNE V.

### LAURISTON, AMÉA.

**AMÉA.**

Calme, mon bien-aimé, cette amère douleur.

**LAURISTON.**

Ils sont morts, plus d'espoir !

**AMÉA.**

Oui, pleurons leur malheur ;
Mais ta sœur est toujours avec toi.

**LAURISTON.**

Sœur chérie !

**AMÉA.**

Pourquoi donc as-tu dit : plus d'espoir ?

**LAURISTON.**

La patrie,
Améa, la patrie !... il n'y faut plus songer !
Il est dur de mourir sous un ciel étranger.

**AMÉA.**

Méchant ! hier encor tu vantais ce rivage,
Nos vallons, nos coteaux, nos mœurs, notre langage :
Moi même j'étais belle à tes yeux éblouis...
Ton pays est-il donc plus beau ?

LAURISTON.

C'est mon pays.

AMÉA.

Eromingo souvent nous conta les merveilles
De ces magiques régions :
Mon frère et moi, nous l'écoutions,
Et ses récits enchantaient nos oreilles.
Je me le figurais, ce sol mystérieux,
Bien loin, bien loin, là-bas où la voûte azurée
Va toucher la mer ignorée.
Je me disais : ils sont plus près des cieux,
Ces êtres fortunés ; comme ils doivent entendre
Bien mieux que nous ce que disent les Dieux !
Si l'un d'eux sur nos bords pouvait un jour descendre,
Beau, jeune, bon surtout !... comme je l'aimerais !
La nuit, dans mon sommeil, je voyais son visage :
Lauriston, il avait ton sourire, tes traits...
Je cherchais cette douce image
En m'éveillant, et je pleurais.
Quelquefois dans nos bois je marchais avec elle ;
Je la sentais tout près de moi.
Je lui disais : dans la grande nacelle
Que je voudrais m'en aller avec toi !

Comme on doit être bien sur ces rives lointaines !
Le soleil quitte là sa couronne de feu ;
  L'eau limpide de vos fontaines
  Réfléchit un ciel toujours bleu.
Les puissances du mal, de vos cases bannies,
 Ne troublent point la paix de vos amours ;
  Dans vos demeures, tous les jours,
  Vous recevez les bons génies.
Ah ! s'il est dans vos champs des gazons toujours frais,
  Une lumière douce et pure,
  Des bengalis dans vos forêts,
  Et des fleurs pour ma chevelure ;
  Si tu n'as pas dit : « Sois à moi ! »
  A quelque étrangère plus belle,
 O mon ami, dans la grande nacelle
 Que je voudrais m'en aller avec toi !


### LAURISTON.


Reste, Améa, reste dans la contrée
 Où tu vis paisible, ignorée ;
Ne forme pas d'inutiles souhaits :
Mon pays ne vaut pas un seul de tes regrets.

AMÉA.

Tu le pleures, pourtant.

LAURISTON.

Oh ! moi, c'est autre chose !
Améa, loin du sol où ton père repose
S'il te fallait mourir, tu pleurerais aussi.

AMÉA.

Non ; mon père est là-haut, son corps seul est ici.
Va, mon ami, je n'ai plus d'autre envie
Que d'être auprès de toi ; mon seul bien, mon époux,
Que m'importe la terre où je passe ma vie,
Si je la passe à tes genoux !

LAURISTON.

Que tu sais de belles paroles,
Chère Améa ! comme tu me consoles
De tous les biens que j'ai perdus !
Auprès de toi, bientôt, je n'y songerai plus.
Mais l'infortuné Lapérouse,
Loin de tous ses amis, loin de sa jeune épouse [1],

---

[1] Il avait épousé avant son départ M<sup>lle</sup> Broudou, née à l'Ile de France.

Loin d'un monde brillant , dont il était l'honneur,
   Comment lui rendre le bonheur?
  Il est chez nous des plaisirs qu'on ignore,
Dont on n'a pas besoin dans vos heureux climats:
Vous n'avez pas de mots pour les nommer encore,
Et si je t'en parlais, tu ne m'entendrais pas...

(A part.)

O trésors de l'esprit, chefs-d'œuvre du génie,
   Délicieux et féconds entretiens,
Qui du monde pensant maintenez l'harmonie,
Arts, sciences, rayons de la gloire infinie,
   N'êtes-vous pas d'indispensables biens?

AMÉA.

  Mais ces plaisirs que je ne puis connaître,
Ton ami comme toi les oubliera peut-être :
Moi, je serai sa fille, et je veux par mes soins
Faire que chaque jour il les regrette moins.
De nos plus belles fleurs j'ornerai vos cabanes,
Je vous apporterai les plus fraîches bananes,
La pamplemousse d'or, et la rouge évéa ;
Je veux qu'il se réveille à la voix d'Améa,
Qu'il s'endorme à ses chants: sans doute vos amantes

Ont de plus doux accords, des chansons plus savantes;
Mais nous savons aussi, sur des tons cadencés,
Célébrer le bonheur et les chagrins passés,
Et même dans les cieux cherchant la destinée,
De l'obscur lendemain raconter la journée.


LAURISTON.

Le voici ; laisse-nous : dans ces premiers moments,
Tu ne pourrais encor soulager ses tourments.

AMÉA.

Adieu ; je vais dire à mon frère
Qu'il m'apprenne à chanter un de ces airs charmants
Que jadis composa mon père.

(Elle sort par le côté, au fond ; Lapérouse et Lastennec descendent
la montagne.)


## SCÈNE VI.

LAPÉROUSE, LAURISTON, LASTENNEC.

LAPÉROUSE.

Ah ! Lauriston ! c'en est fait pour toujours,
Nous ne reverrons plus la France !

LAURISTON.

Pourquoi donc, général, perdez-vous l'espérance ?

**LAPÉROUSE.**

D'où peut nous venir un secours ?

**LAURISTON.**

Mais... de Botany-Bay, des îles de La Sonde :
Que sais-je ? L'Océan est plein de votre nom :
   Dans tous les ports du vieux, du nouveau Monde,
Des flots de Magellan aux côtes du Japon,
   Et de la nouvelle Zélande
Jusqu'aux plaines de neige où glisse le Lapon,
   L'univers entier vous demande.
Et la France ?... la France, en ne revoyant plus
   Et l'Astrolabe et la Boussole,
Va lancer sur les mers, de l'un à l'autre pôle,
   Ses marins les plus résolus.
   D'ailleurs, on sait par vos lettres dernières,
Les pays qu'au retour vous deviez visiter,
Et l'Europe à l'envi va s'y précipiter.

**LAPÉROUSE.**

Puissent-ils sur mon sort y trouver des lumières,
   Et sur ces bords nous apporter
   Autre chose que des prières !

LAURISTON.

On nous aura bientôt trouvés.

LAPÉROUSE.

Ce n'est pas sûr :
Qui de Vanikoro tenterait les approches?
Ce récif de corail, et ces immenses roches
Qui l'environnent comme un mur
Feront-ils supposer ?...

LAURISTON.

Et nos signaux?

LAPÉROUSE.

Sans doute :
Mais croyez-vous qu'on les écoute?
Que de fois les signaux qui nous ont attirés,
Dans la nuit nous ont égarés?
D'ailleurs, je le répète, il est temps qu'on se presse
Si l'on veut nous sauver. Ce peuple nous caresse,
Mais il nous hait.

LAURISTON.

Comment?

LAPÉROUSE.

Je ne puis partager,

Lauriston, des erreurs qui tiennent à votre âge ;

    L'amitié d'un peuple sauvage

    Me cache toujours un danger.

Lamanon s'y livrait, à ces pensers bizarres ;

Et le matin du jour qu'il tomba sous leurs coups,

    Il me disait : « Ces nations barbares,

Objets de nos mépris, sont meilleures que nous [1].

### LAURISTON.

Depuis un an pourtant ils se laissent conduire.

### LAPÉROUSE.

Ce qu'a fait une année, un jour peut le détruire :

    Un jour ! que dis-je ? un seul moment.

### LAURISTON.

Eromingo ?...

### LAPÉROUSE.

    C'est lui que je crains.

---

[1] Robert-Paul de Lamanon, naturaliste et physicien distingué, né à Salon en 1752, assassiné avec de Langle par les sauvages de Maouna, le 11 décembre 1787. C'était un homme d'une grande force corporelle, d'un caractère énergique, et, si l'on en croit Lapérouse, d'une grande profondeur d'idées. Lié avec Condorcet et tous les philosophes, il partageait avec un enthousiasme aveugle l'admiration de l'époque pour ce qu'on appelait alors l'*état de nature*.

LAURISTON.

        Et comment ?

Lui qu'on a vu dans nos contrées !...

LAPÉROUSE.

Vous dites vrai, qu'on a vu, qu'en tous lieux
On a montré comme objet curieux,
Comme un de ces produits des terres ignorées,
Qui, d'un monde blasé réveillant les plaisirs,
Occupent quelques jours ses frivoles loisirs.
Et lui, qu'a-t-il gagné ? qu'a-t-il vu ? Des spectacles,
Dont son œil n'aperçut que les vastes décors.
De la société comprit-il les trésors ?
   Il n'en reçut que des oracles,
   Il n'en saisit que les dehors,
   N'en contempla que les miracles.
   Aussi qu'en a-t-il rapporté ?
Ce qu'au fond des cachots où son maître le plonge
L'esclave en s'éveillant conserve d'un vain songe
   Qui lui montra la liberté...
L'horreur de son état, le désespoir, l'envie,
La haine, si terrible en un cœur impuissant,
Haine que l'on n'éteint que dans des flots de sang,

Et qu'on ne perd qu'avec la vie :
Tel est Eromingo.

LASTENNEC.

Mais alors, commandant,
Si nous quittions ce rivage?

LAPÉROUSE.

Imprudent !
Où veux-tu fuir? dans les îles prochaines,
Où l'on massacra nos amis?
Ah ! nous sommes ici dans des mains plus humaines.
Si nous avons des ennemis,
Nous pouvons balancer du moins leur influence,
Et quelques voix prendront notre défense.

LASTENNEC.

Encor si nous avions pu sauver nos fusils !

LAURISTON.

Eromingo connaît les effets de la poudre.

LASTENNEC.

Il ne les comprend pas, et ces peuples saisis
Nous croiraient un moment les maîtres de la foudre.

LAURISTON.

Mais vous avez un pistolet, je crois.

LAPÉROUSE.

Hélas! je ne peux plus le charger qu'une fois.
Je ne m'en servirai qu'en un péril extrême.

LAURISTON.

Mon général, gardez-le pour vous-même :
Songez que votre vie est plus chère à l'État
Que la mienne...

LASTENNEC.

Et surtout que celle d'un soldat.

LAPÉROUSE.

Je ferai mon devoir... Mais quels cris sur la plage !

LAURISTON, *regardant la mer.*

Ah ! la barque fatale a touché le rivage.

LAPÉROUSE.

Allons savoir le sort des malheureux Français,
Et jurons de jamais ne nous quitter.

LAURISTON *et* LASTENNEC.

Jamais!

FIN DU PREMIER ACTE.

# ACTE II.

---

Le théâtre représente l'intérieur de la cabane royale. Le fond est occupé par une statue en bois, grossièrement taillée, et à formes bizarres; elle est couverte d'un voile. De chaque côté sont des souches d'arbre, façonnées en siéges, et couvertes de feuilles de bananier. Des guirlandes de plantes grimpantes, chargées de fleurs, sont entrelacées dans les bambous qui forment l'enceinte intérieure.

Des armes, des ustensiles de pêche, de ménage, sont suspendus autour de la cabane. On doit y remarquer plusieurs objets provenant du vaisseau français, et donnés au roi par Lapérouse.

## SCÈNE I.

### ZODAÏ, EROMINGO, ZÉBOUM, PAOTARRI, PRÊTRES et GUERRIERS.

(Au lever du rideau, le conseil des prêtres et des chefs est rassemblé. Tous sont assis, les bras croisés, dans l'attitude d'un profond recueillement. Zodaï est sur un siége élevé, le plus près du spectateur, d'un côté. Eromingo est vis-à-vis, presque aussi élevé. D'une part les guerriers, de l'autre les prêtres. Sur un signe de Zodaï, deux prêtres, debout près de la statue, dénouent les cordons qui retiennent le voile, il tombe; un roulement de tambours se fait entendre au dehors. Toute l'assemblée se prosterne, et Paotarri, sur le seuil de la porte, prononce à haute voix ces paroles pour le peuple qui entoure la cabane.)

### PAOTARRI.

Éloignez-vous, faites silence!

Détournez les yeux, et priez !

Les nœuds sacrés sont déliés !

Le grand Dieu nous écoute, et le conseil commence !

(Il revient a sa place ; tous se relèvent et s'asseoient.)

### ZODAI.

Parlez.

### EROMINGO.

Tous les Français sont morts.

### ZODAI.

                    Hélas !

### EROMINGO.

                              C'est moi

Qui les ai fait tuer.

### ZODAI.

        Quelle horreur ! et pourquoi?

### EROMINGO.

Écoutez mon récit ; et que cette statue,

Si je mens, sur mon front se renverse, et me tue !


Tu te souviens du jour où je quittai ces bords

Pour aller des Français découvrir quelques restes.

Nous avions sous tes yeux interrogé les sorts :

> Les présages étaient funestes ;

Je partis cependant : le soleil, ce jour-là,

De nuages épais jusqu'au soir se voila.

Mais la nuit vient : la mer se couvre d'étincelles ;

> Le dieu des airs n'agite plus ses ailes,

Et la voile retombe. En efforts superflus

> De mes rameurs la force se consume ;

La rame à coups pressés fait bouillonner l'écume,

> Et la barque n'avance plus.

Je m'élance à la proue : une force invincible

> L'arrêtait au milieu des flots ;

> Je me penche, et j'entends ces mots

> Qui s'échappaient d'une bouche invisible :

« Où va cette pirogue ? » — « Aux îles du Volcan,

« De Toupoua, d'Eako, d'Erronan.

— «Qu'allez-vous y chercher ? —Des Français. —Pourquoi faire ?

— «Pour les rendre à leur chef. » — «Arrête, téméraire !

« Sais-tu qui je suis ?» — «Non. » — «Le dieu de l'Océan !

> « C'est moi qui du fond des abîmes

> « Fis jaillir vos monts dont les cimes

« Jadis comme un tapis s'étendaient sous mes pas :

« C'est moi dont les cent mille bras,

« En récifs de corail s'allongeant sous les ondes,

« Protègent de vos bois les retraites profondes.

« C'est moi qui de l'Europe ai brisé les vaisseaux,

    « Moi qui peux les briser encore.

    « Je ne veux pas que dans mes eaux

    « Nage un monstre qui vous dévore :

  « Malheur à toi, si tu vas secourir

« Ceux que j'ai condamnés à souffrir, à mourir !

« Ces îles où tu cours, et que tu m'as nommées,

« Vont toutes disparaître et fuir devant tes yeux,

  « Toujours, toujours, jusqu'aux mers enflammées

« Qui lancent chaque jour un soleil dans les cieux.

  « Malheur au sol qui les nourrit ! mon frère

  « Promènera dans ses champs desséchés

    « Le souffle ardent de sa colère :

« Les ruisseaux bienfaisants, de ma main épanchés,

« Rentreront à ma voix dans le sein de la terre.

« Les arbres périront, brûlés par l'ouragan ;

« Et le peuple mourra de faim. L'île engloutie

« Reviendra sous la mer dont elle était sortie,

  « Car je suis, moi, le dieu de l'Océan ! »

Ainsi parla la voix : « Que faut-il que je fasse ? »
Murmurai-je en tremblant. — « Tu le sais. » — Elle dit,
Et se tut : mais ma voile aussitôt s'arrondit,
Et je fendis des flots la mobile surface.

TOUS, *frappant la terre de leur front.*

Dieu ! Dieu !

ZODAI.

Pauvres amis !

EROMINGO.

Sachez la vérité
Sur le sort des Français que Lapérouse pleure :
Ce que j'ai devant lui raconté tout-à-l'heure
C'est moi qui l'avais inventé.
Leur vaisseau se brisa sur le prochain rivage ;
Mais il ne fut point submergé ;
Et l'équipage naufragé
Se retrouva presque entier sur la plage.
Mais les vivres manquaient : les armes à la main,
Au fond des bois sacrés sans respect ils entrèrent.
Nos vieillards au forfait s'opposèrent en vain ;
Les barbares les massacrèrent.

Alors il fallut des combats :

Mais la flèche atteignit leurs plus braves soldats.

J'ai vu leur tête aux arbres suspendue,

Sous les pieds de nos chefs leur dépouille étendue.

Le jour ils repoussaient les attaques ; la nuit

Ils allaient dans les champs dérober quelque fruit,

Quelque bétail dans les villages.

Et cependant des débris du vaisseau

Ils construisaient un bâtiment nouveau

Pour affronter encor la mer et ses orages.

Après trois lunes de travail,

On ne les trouva plus sur la plage déserte,

Et leur voile fut découverte

Par delà le banc de corail.

Ce fut le lendemain que j'arrivai dans l'île.

Il fallait obéir au plus grand de nos dieux ;

Je courus les chercher : j'abordai tous les lieux

Que j'avais vus avec leur Bougainville.

Partout on ignorait leur sort ;

Partout, s'ils paraissaient, on leur promit la mort.

Enfin je les joignis sur des rives lointaines,

Dans un pays si beau, si fortuné,

Qu'il me sembla revoir la terre où je suis né,

La noble Otaïti, d'où leurs mains inhumaines
  Si jeune encor m'ont emmené.
Ce souvenir réveillait ma colère :
Je les trouvais au milieu des repas
Que leur offrait le stupide insulaire :
Les femmes à l'envi s'empressaient de leur plaire ;
Elles disaient : « Amis » et ne rougissaient pas.
La nuit vint ; l'étranger s'endormit dans la joie :
Mais l'aigle de nos monts ne dort pas sur sa proie.
Je fis entendre aux chefs la parole du Dieu :
  Le lendemain nos mers étaient vengées ;
Les Français s'éveillaient au bord du lac de feu
  Où des méchants les âmes sont plongées.

ZODAI.

Pas un seul n'est échappé ?

EROMINGO.

Non.

J'ai compté tous leurs corps.
(Montrant son collier.)
Vois-tu cette parure ?
De leur chef c'est la chevelure :
Il s'appelait Clonard.

ZODAI, *à part.*

Hélas ! j'ai lu son nom.

EROMINGO, *se levant, tous se lèvent.*

C'est à toi maintenant d'achever mon ouvrage :
Tu sais ce que tu dois.

ZODAI.

Je ne le puis.

EROMINGO.

Courage !

ZODAI.

Si tu savais quel bien Lapérouse m'a fait !
Comme tout est changé sur ces bords !

EROMINGO.

En effet ;
Je ne reconnais plus la case de ton père.

ZODAI.

Il semble qu'à la voix des Français tout prospère :
Il nous ont préparé de plus purs aliments,

Ils couvrent notre sein de plus doux vêtements ;
La menace du dieu ne s'est point accomplie ;
Il s'est laissé fléchir ; il pardonne, il oublie.

### EROMINGO.

Pardonner ! oublier ! je n'entends pas ces mots.

### ZÉBOUM.

Ils nous en ont appris bien d'autres plus bizarres !
    Ils appellent nos dieux : « barbares »,
« Grossiers »nos sentiments, « lâche » notre repos.

### EROMINGO.

Lâche ! eh ! que font-ils donc, dans leurs froides contrées ?
Pendant que leur soleil monte dans ses brouillards
Ils dorment : de leurs lits ils passent dans des chars ;
Et la nuit, sous le toit de leurs maisons dorées,
    Par cent lumières éclairées,
    Sur le duvet nonchalamment assis,
Il écoutent des chants, des discours, des récits.
Lâche !...

### ZÉBOUM.

    Ils disent aussi qu'il n'est pas d'autre monde.

### ZODAI.

Tu mens, Zéboum.

### ZÉBOUM.

Comment ? tu sais bien que le jour
Où ton père partit pour son dernier séjour,
Quand je mis près de lui sa massue et sa fronde,
Le jeune Lauriston désapprouva ce soin :
« De ces armes, dit-il, il n'aura plus besoin. »

### ZODAI.

Ils pensent qu'après cette vie,
Nous n'aurons plus à craindre les méchants,
Que Dieu mettra dans notre âme ravie
Un autre amour, d'autres penchants :
« Ainsi, me disait Lapérouse,
« Les rêves de la nuit s'envolent au matin ;
« Et la vierge appelée au bonheur d'être épouse
« Ne songe plus au jouet enfantin. »

### EROMINGO.

Eh ! qui leur a dit ce mystère ?
Ils ont vu plus que nous et les eaux et la terre ;

Mais ils ne connaissent pas mieux
Ce qui se passe dans les cieux.

### PAOTARRI.

D'ailleurs, impunément Lauriston nous offense :
La sœur du roi prend toujours sa défense.

### ZODAI.

Améa ne dépend que des dieux et de moi :
Respecte la sœur de ton roi.

### EROMINGO.

Ils veulent l'emmener peut-être,
Pour la montrer dans leurs climats.

### ZODAI.

Eromingo, je suis le maître,
Et je ne le souffrirais pas.

### EROMINGO.

C'est qu'ils m'ont traîné, moi, pendant plusieurs années,
Depuis le palais de leurs rois,
Jusques aux cabanes de bois

Au pauvre peuple abandonnées.
J'ai longtemps attiré leurs insolents regards :
Pour entendre ma voix, épier ma pensée,
 On accourait de toutes parts.
 J'ai vu partout mon image tracée
 Par le prestige de leurs arts.
Mais un nouveau prodige, un animal immonde
M'a ravi tout-à-coup leur amour, leurs égards ;
On a couru le voir, et puis l'on m'a dit : « Pars,
 « Nous connaissons l'homme de l'autre monde. »
 Et moi, je ne connaissais rien
De ces arts merveilleux qu'ils auraient dû m'apprendre ;
Et de tous leurs secrets ce que j'ai pu comprendre,
C'est que mon pied foula le sol européen
 Pour leur plaisir, et non pas pour le mien.

### ZODAI.

Mais Lapérouse était bien jeune encore,
 Et Lauriston n'était pas né.

### EROMINGO.

Le petit du serpent, dans l'œuf emprisonné,
 Fait-il du mal avant d'éclore ?

Tu l'écrases pourtant... mais quoi ! je ne vois plus
    Autour de la case attachées
    Les chevelures des vaincus !

ZÉBOUM.

Zodaï l'a voulu ; nous les avons cachées.
Lapérouse avait dit : « C'est mal. »

EROMINGO, *montrant des étoffes européennes dont Zodaï est paré.*

                        Et ces tissus
Viennent de lui sans doute !... O roi, guerriers, et prêtres !
Demain nous parlerons à l'âme des ancêtres :
Comme ils condamneraient ces usages nouveaux
    S'ils se dressaient du fond de leurs tombeaux !

TOUS, *avec effroi.*

C'est vrai.

EROMINGO.

    Vous entendez leurs voix qui vous accusent.
« Repousse loin d'ici ces hommes qui t'abusent ;
« Zodaï ! Zodaï ! souviens-toi de tes dieux,
« De ton pays, de nous qui sommes tes aïeux ! »

ZODAI.

Eromingo, tais-toi ! tu m'as fait peur!

EROMINGO.

« Ton père.!...

« Sais-tu ce qu'il est devenu

« Pour avoir sur nos bords accueilli l'inconnu?... »

ZODAI.

Eromingo, ta voix me désespère ;

Tais-toi !

EROMINGO.

« Ton père est seul, seul dans des lieux obscurs ;

« Il ne voit, n'entend rien, ne sent rien qui le touche,

« Hors le souffle glacé que les esprits impurs

« En passant sur sa tête exhalent de leur bouche. »

Veux-tu le délivrer de cet affreux tourment ?

ZODAI.

Mon père !

EROMINGO.

Songes-y : tu n'as plus qu'un moment.

(Il le prend par la main et le conduit aux ouvertures du fond de la cabane.)

Si d'autres voix allaient se faire entendre !

Regarde : Ces vapeurs qui montent lentement

Bientôt dans les airs vont s'étendre.

ZODAI.

Oh ! l'orage !

TOUS, *avec effroi et mettant leurs mains sur leurs têtes.*

L'orage !

EROMINGO, *à part.*

Insolent étranger !

De tes mépris je vais donc me venger !

(Haut.)

Oui, cette nuit doit être épouvantable :

Le tonnerre en éclats va partout retentir.

Elle vient, elle vient, la peine du coupable !

Voici l'instant du repentir !

TOUS.

Que faut-il faire?

EROMINGO.

Aux fontaines sacrées

Allons baigner nos longs cheveux :

Et que le dieu des morts, appelé par nos vœux,

Trouve en nous visitant nos fautes réparées,

Et pour le recevoir nos âmes préparées.

(Deux prêtres remontent le voile sur la statue du dieu : un roulement
de tambours se fait entendre. Ils sortent tous à la suite d'Éromingo.)


## SCÈNE II.

### ZODAI, *seul.*

#### ZODAI.

Oh ! s'il disait la vérité !

Si mon père expiait dans le fond des abîmes

Par un châtiment mérité

Tant de bienfaits que j'ai crus légitimes !

Si pour sauver son âme il fallait trois victimes !

O malheureux Français !... personne auprès de moi ?

Un orage s'apprête, et je suis seul !... Pourquoi !...

Je n'aime pas qu'on m'abandonne :

Ce silence m'effraie... et ce ciel obscurci...

Les âmes des aïeux se promènent ici...

Sortons : je n'ose, je frissonne...

Améa ne vient pas !... (Il appelle.) Améa !

## SCÈNE III.

ZODAI, AMÉA.

AMÉA.

Me voici!

ZODAI.

Ah!

AMÉA.

J'accourais.

ZODAI.

Ma sœur, prends les plumes bénies.

AMÉA.

Pourquoi?

ZODAI.

Tu vas entendre un effroyable arrêt.

(Améa détache un bouquet de plumes jaunes, suspendu dans la cabane.)

Par notre père, et par tous les génies

Jure de garder le secret.

AMÉA.

Je le jure !

ZODAI.

Les dieux ordonnent le supplice
Des étrangers que nous aimons.

AMÉA.

Les dieux !

ZODAI.

Eromingo nous l'a dit.

AMÉA.

Les démons
Ont soufflé dans son sein cette horrible malice.

ZODAI.

Prends garde, les esprits nous écoutent.

AMÉA.

C'est bien ;

Ils verront dans mon cœur, ils verront dans le tien :
Car tu résisteras, n'est-il pas vrai, mon frère ?
Et nos amis ne mourront pas.

ZODAI.

Je ne sais.

AMÉA.

Que dis-tu ?

ZODAI.

Si la voix de ton père,
Cette nuit même, exigeait leur trépas ?

AMÉA.

C'est impossible.

ZODAI.

Enfin, s'il paraissait lui-même,
S'il disait...

AMÉA.

Zodaï, tu vas faire un blasphème :

Rien ne peut de mon père imiter les accents ;
Quelque chose de lui vit en moi, je le sens.
J'aime ces étrangers, il veut que je les aime :
Il me dit : « Va les secourir,
« Si quelqu'un leur fait mal : s'ils meurent, va mourir. »

### ZODAI.

Que de chagrins suspendus sur ma tête !
Que de pleurs vont couler dans cette triste fête !


## SCÈNE IV.

### ZODAI, AMÉA, LAURISTON.


#### LAURISTON, *hors de lui.*

O mes amis !... c'en est fait ! quel espoir !...
Qui l'eût dit ?...

(Il les embrasse, et se jette sur un siége.)

#### AMÉA.

Qu'est-ce donc ?

#### LAURISTON.

Là-bas... vous pouvez voir...

ZODAI.

Quoi?

LAURISTON.

Tout à l'horizon... c'est Dieu qui nous l'amène...

AMÉA.

C'est...

LAURISTON.

Une voile européenne !

AMÉA, *tombant aux pieds de Lauriston.*

Il va partir !

LAURISTON.

Ma sœur !

ZODAI, *avec transport.*

Ils sont sauvés !

LAURISTON.

Comment !

### ZODAI.

Je vais tout disposer pour votre embarquement.

(Il sort en bondissant de joie.)

## SCÈNE V.

### LAURISTON, AMÉA.

### LAURISTON.

Tu pleures, il bondit de joie !

### AMÉA.

Il a raison... partez... il faut qu'il vous renvoie...
Ah ! vous êtes heureux... il l'est aussi... mais moi !...

### LAURISTON.

Heureux !... non, Améa...

### AMÉA, *hors d'elle.*

Lauriston !... avec toi...
Avec toi... pour toujours !... je veux que tu me prennes
De tes deux mains... ainsi... je veux que tu m'entraînes
Au rivage... à la barque... à ce vaisseau... là-bas...

LAURISTON.

Mais ton frère, Améa, ne le permettra pas.


AMÉA.

Suis-je à lui?.. non, à toi ; je suis à toi... mon âme,
Mon bonheur, tout est là : si Zodaï me blâme,
Si le peuple, les dieux me retiennent ; eh bien,
Je dirai : « Tuez-moi ! sans lui je ne suis rien,
« Rien qu'une ombre, une image immobile, glacée,
« Rien qu'un souffle, une voix qui n'a plus de pensée...
« Tuez-moi. »


LAURISTON.

Non, ma sœur ! je ne te quitte plus :
Ta parole a fixé mes vœux irrésolus.
Calme-toi : si je pars, nous partirons ensemble :
S'il te fallait rester...


AMÉA.

N'achève pas, je tremble.
Toi rester ! c'est la mort... il vaudrait mieux partir,
Me laisser...

### LAURISTON.

Améa, je n'y puis consentir.
Tiens, voici Lapérouse, il faudra qu'il m'écoute.

## SCÈNE VI.

### LAPÉROUSE, LAURISTON, AMÉA.

### LAPÉROUSE.

Dans une heure au plus tard nous devons être en route.
La mer devient houleuse et la lame grossit ;
Le vent va se lever, le couchant s'obscurcit ;
La nuit sera mauvaise ; et peut-être à l'aurore
Contre les grandes eaux nous lutterons encore.
Mais nous sommes sauvés si nos rameurs actifs
Peuvent doubler ce soir la pointe des récifs.
Le roi nous fournira sa pirogue.

### LAURISTON.

Il se flatte
Qu'elle tiendra la mer?

### LAPÉROUSE.

Autant qu'une frégate.

Cinquante hommes choisis s'embarquent avec nous.

### LAURISTON.

Nous courons à la mort.

### LAPÉROUSE.

Ma foi ! que voulez-vous ?
Je sais à quels dangers ce trajet nous expose :
Mais pendant le gros temps, ce vaisseau, je suppose,
Ne s'écartera pas du mouillage ; et demain,
S'il allait s'éloigner, tout effort serait vain ;
Et quels regrets alors !... mais votre âme attendrie
N'est pas toute au bonheur de revoir la patrie.
Vous semblez inquiet, Lauriston.

### LAURISTON.

Je ne puis
Me rendre assez raison de l'état où je suis.
Mais, voyez Améa, celle que j'ai nommée
Mon ange protecteur, ma sœur, ma bien-aimée ;
Ce départ, c'est sa mort : puis-je l'abandonner ?

### LAPÉROUSE.

O Dieu ! qu'ai-je entendu ! vous voulez...

16

LAURISTON.

L'emmener,

Ou rester avec elle.

LAPÉROUSE.

O projets téméraires !
Moi vous laisser ici, Lauriston ? et vos frères,
Vos amis, votre roi, tous vos concitoyens,
Que leur dire ? enchaîné par de honteux liens
Il a sacrifié... non, je ne puis le croire ;
Ces sentiments d'honneur, cet amour de la gloire,
Ces talents dont l'éclat nous avait tous séduits,
Un jour dans votre cœur ne les a pas détruits.
Lauriston, abjurez cette indigne parole...

LAURISTON.

Enlevons Améa.

LAPÉROUSE.

Mais l'entreprise est folle,
Mon ami : songez donc au danger de braver
Un peuple contre nous facile à soulever,
Un peuple dont les chefs en secret nous haïssent.

Voulez-vous qu'à l'instant ses prêtres nous maudissent,
Et que ce jeune roi cesse de protéger
Les ravisseurs ingrats qui l'osent outrager ?
Que ferons-nous alors contre des milliers d'hommes ?
Voyez où nous allons ; regardez où nous sommes :
Sans eux cet océan nous est fermé ; sans eux
Ce sol nous est mortel ! en ce moment affreux
Où d'un geste, d'un mot notre sort va dépendre,
Pouvons-nous exposer...

**AMÉA,** *qui jusque là est restée plongée dans la plus profonde douleur.*

                    Ah ! je crois vous comprendre ;
Vous ne m'emmenez pas : eh bien, je vous suivrai,
J'irai sur les récifs... et puis... je nagerai...
Je n'ai pas peur... dans l'ombre ils ne m'auront pas vue :
Alors, dans le canot quand vous m'aurez reçue,
Les rameurs, dont aucun n'osera me toucher,
De partir avec vous ne pourront m'empêcher.
Oh oui ! je le ferai : quel bonheur !

**LAURISTON.**

                Et l'orage ?

### AMÉA.

Ah ! l'amour du pays vous donne du courage ;
J'en aurai, moi !

## SCÈNE VII.

Les précédents ; LASTENNEC, *entrant précipitamment.*

### LASTENNEC.

Mon Dieu ! quel horrible complot !

### LAPÉROUSE.

Comment ?

### LASTENNEC.

On va partir, et la barque est à flot :
Mais hélas ! nous avons d'autres sujets d'alarmes.
Ces cinquante rameurs...

### LAPÉROUSE.

Eh bien ?

**LASTENNEC.**

Ils ont des armes :
Ils veulent nous tuer.

**LAPÉROUSE.**

Tu crois?

**LASTENNEC.**

N'en doutez pas.
Voyant Eromingo qui leur parlait tout bas,
Je me suis approché : vite on a fait silence ;
Mais leurs yeux, leur sourire exprimaient l'insolence;
Ils me regardaient tous ; et j'avais entendu
Ces trois mots : « Dans la mer... »

**LAPÉROUSE.**

O ciel ! tout est perdu.
Que faire?

**LASTENNEC.**

Allons toujours.

**LAPÉROUSE.**

Mais trois contre cinquante!

**LASTENNEC.**

Un coup de pistolet, un moment d'épouvante...
Ils sont à nous.

**LAPÉROUSE.**

Peut-être.

**LASTENNEC.**

Et si nous demeurons,
Sur terre, en pareil cas, qu'est-ce que nous ferons?

**LAURISTON.**

Sur terre, Zodaï du moins peut nous défendre.

**LAPÉROUSE.**

Eh! que peut un enfant?

**AMÉA.**

Écoute : il faut attendre :
Cette nuit je vous trouve un canot; cette nuit
Nous partons en secret : Lastennec nous conduit,
Nous échappons.

LAPÉROUSE.

Comment affronter la tempête
Sur un léger esquif? une vague l'arrête,
Un souffle le détourne et le fait chavirer.
Et si l'on nous poursuit, si l'on nous fait rentrer,
Chargés du crime affreux de t'avoir enlevée?

AMÉA.

Je ferai le serment que je me suis sauvée.

LAPÉROUSE.

On ne te croira pas, et nous périrons tous,
Lastennec a raison, il faut braver leurs coups :
Partons!

LAURISTON.

Mon général! au nom de la patrie,
Ne vous exposez pas!

LAPÉROUSE.

Cette mer en furie,
De ce ciel orageux la ténébreuse horreur,
Dans leur cœurs palpitants vont jeter la terreur.

L'homme qui craint la mort ne songe plus au crime.

### LAURISTON.

Qui sait s'ils ne vont pas, nous plongeant dans l'abîme,
Croire apaiser ainsi le tumulte des eaux?
Attendons à demain : couronnons de signaux
La plage, les hauteurs.

### LAPÉROUSE.

Nous laissera-t-on faire?
Non, j'ai pris mon parti : c'est le ciel qui m'éclaire.
Allons trouver le roi : déployons à ses yeux
D'un lâche assassinat les moyens odieux :
Implorons sa puissance : il faudra, s'il nous aime,
Qu'il vienne à ce vaisseau nous conduire lui-même.

### AMÉA, *à part, à Lauriston*.

Ah! s'il vous accompagne, il ne m'est plus permis...

### LAURISTON, *à part, à Améa*.

Prépare le canot que tu nous as promis.

FIN DU SECOND ACTE.

# ACTE III.

---

Même décoration qu'au premier ; mais le monument élevé par les Français est renversé. On entend encore quelques roulements de tonnerre : il fait petit jour, la mer est couverte de brouillards.

## SCÈNE I.

### LES SAUVAGES.

**UN GUERRIER,** *sortant d'une cabane.*

Voici le jour, venez : le souffle des orages
    Ne s'élève plus du couchant :
  Les manakins ont commencé leur chant,
    Ils sont passés, les grands nuages.

      (Quelques sauvages sortent de la cabane.)

**UNE FEMME.**

J'entends encor dans le lointain
Gronder l'esprit de feu.

**LE GUERRIER.**

      Femme, sois rassurée :

Eromingo doit ce matin
Lancer dans l'air la flèche consacrée :
Les démons ne reviendront pas.

(D'autres sauvages arrivent.)

### UN VIEILLARD.

Quelle nuit, mes enfants ! quel horrible fracas !
Je suis bien vieux, j'ai vu bien des tempêtes ;
Jamais une pareille.

### DEUXIÈME FEMME.

Oh ! le feu des éclairs
Me brûle encor les yeux.

### UN JEUNE SAUVAGE.

Moi, j'ai cru que les mers
A la place du ciel s'étendaient sur nos têtes.

(D'autres sauvages arrivent.)

### DEUXIÈME GUERRIER.

Les Dieux sont mécontents de nous.

### LE VIEILLARD.

Ces étrangers attirent leur courroux.

#### LE JEUNE SAUVAGE.

Non, vieillard, tu dis mal.

#### LE VIEILLARD.

La jeunesse frivole
De l'homme à cheveux blancs doit croire la parole.

#### LE JEUNE SAUVAGE.

Ces étrangers sont bons.

#### LE VIEILLARD.

Depuis qu'ils sont venus,
Ils vous ont enseigné bien des choses, sans doute ;
Car les enfants veulent qu'on les écoute,
Et quand le vieillard parle, on ne l'écoute plus.

(D'autres sauvages arrivent.)

#### PREMIER GUERRIER.

Tenez ; leur monument, couché sur la poussière,
Atteste à nos regards la vengeance d'un Dieu.

#### LE JEUNE SAUVAGE.

Comment?

### DEUXIÈME GUERRIER.

Ne vois-tu pas que le serpent de feu,
Descendu d'un nuage, a passé sur la pierre?

### LE JEUNE SAUVAGE.

Non : mais de cette case, au milieu de la nuit,
Séparant doucement les nattes mal unies,
J'ai vu deux hommes; là, qui préparaient sans bruit
Ces décombres...

### PREMIER GUERRIER.

Tais-toi! si c'étaient deux Génies!

### LE JEUNE SAUVAGE.

Deux hommes.

### DEUXIÈME GUERRIER.

Se peut-il que dans l'obscurité!...

### LE JEUNE SAUVAGE.

La foudre à chaque instant répandait sa clarté.

DEUXIÈME GUERRIER.

Les eaux du ciel tombaient, et tu voudrais qu'un homme?...

LE JEUNE SAUVAGE.

Je dis qu'ils étaient deux : faut-il que je les nomme?

PREMIER GUERRIER.

Tais-toi donc.

(Une foule nombreuse remplit la scène.)

DEUXIÈME VIEILLARD, *arrivant.*

Vous parlez des Français? savez-vous
Ce qu'ils ont fait?

QUELQUES SAUVAGES.

Non,

LES AUTRES.

Non.

DEUXIÈME VIEILLARD.

Ils ont voulu nous prendre
Notre Roi.

**TOUS.**

Zodaï !

**DEUXIÈME VIEILLARD.**

L'emmener loin de nous.

**QUELQUES SAUVAGES.**

Pourquoi?

**DEUXIÈME VIEILLARD.**

Pour le tuer, ou du moins pour le vendre
Dans leur pays.

**TOUS.**

Vengeance !

**DEUXIÈME VIEILLARD.**

Il n'a point consenti.
Mais sans Eromingo...

**PREMIER GUERRIER.**

Comment ! il fût parti?

**DEUXIÈME VIEILLARD.**

Peut-être.

LE JEUNE SAUVAGE.

Et les Français?

DEUXIÈME VIEILLARD.

Ils ont commis un crime.

LES DEUX GUERRIERS.

Un crime?

DEUXIÈME VIEILLARD.

Un crime affreux. Le Dieu de leurs climats
Leur demandait sans doute une victime :
Eromingo, la nuit, a surpris dans leurs bras,
Sur le bord de la mer, une femme...

LES DEUX FEMMES.

Laquelle?

DEUXIÈME VIEILLARD.

Améa, qu'ils traînaient au fond d'une nacelle.

PREMIER GUERRIER.

Ils voulaient la ravir!

DEUXIÈME GUERRIER.

Il faut qu'ils soient punis!

DEUXIÈME VIEILLARD.

Ils le seront; nos chefs déjà sont réunis.
On les juge.

PREMIER VIEILLARD.

A quoi bon?

DEUXIÈME GUERRIER.

Qu'ils meurent comme traîtres!

PREMIER GUERRIER.

Il faut les immoler au tombeau des ancêtres!

PREMIER VIEILLARD.

Pourquoi les laisse-t-on libres?

PREMIER GUERRIER.

Quand on voudra
Cette flèche les atteindra.

LE JEUNE SAUVAGE.

Mais ce vaisseau, s'il vient!...

DEUXIÈME GUERRIER.

Nous n'avons rien à craindre.

QUELQUES SAUVAGES.

Mort aux Français!

TOUS.

Vengeance!

DEUXIÈME VIEILLARD.

Ils ont fait des signaux
Sur la montagne, au bord des eaux :
Voyez-vous ces feux?

TOUS.

Oui!

PREMIER GUERRIER.

Courons tous les éteindre!

17

TOUS.

Courons !

(Ils se précipitent vers le fond.)

DEUXIÈME GUERRIER.

Tenez, l'un d'eux monte de ce côté !

DEUXIÈME VIEILLARD.

C'est le vieux matelot !

PREMIER GUERRIER.

Qu'il soit précipité

Dans la mer !

TOUS.

Dans la mer !

LE JEUNE SAUVAGE.

Les lâches ! ils sont mille

Contre un seul.

TOUS.

Dans la mer !

LE JEUNE SAUVAGE.

Et seul il est tranquille !

## SCÈNE II.

LES PRÉCÉDENTS ; LASTENNEC.

PREMIER GUERRIER, *saisissant Lastennec et le traînant au milieu de la foule.*

Te voilà, sacrilège !

DEUXIÈME VIEILLARD.

Assassin !

DEUXIÈME GUERRIER.

Ravisseur !

LASTENNEC.

Vous criez tous ! comment veut-on que je réponde ?
Parle, toi ; je ne puis entendre tout le monde.
De quoi m'accuse-t-on ?

LE VIEILLARD.

D'avoir ravi la sœur
De notre Roi.

LASTENNEC.

Vraiment ! A voir sur ton visage
Une barbe si blanche, on te croirait plus sage.
Est-ce que tu sais plaire à de jeunes beautés,
Toi ? j'en appelle à vous, femmes qui m'écoutez,
Ai-je l'air séducteur ?... Tiens, je les ai fait rire.

PREMIER VIEILLARD.

Et Zodaï, pourquoi lui montrez-vous ?...

'(Il fait un signe qui indique la lecture.)

LASTENNEC.

A lire ?

Vous ne m'avez pas vu lui donner de leçons ?...

QUELQUES SAUVAGES.

Non.

LASTENNEC.

Pour m'en abstenir j'ai de bonnes raisons.

DEUXIÈME GUERRIER.

Mais tu sais les projets de ton chef.

LASTENNEC.

C'est possible.

DEUXIÈME GUERRIER.

Il voulait l'entourer d'une chaîne invisible,
Et par des mots secrets l'entraîner loin de nous,
Le conduire en Europe, et le vendre.

LASTENNEC.

Ils sont fous !

QUELQUES SAUVAGES.

L'insolent !

LASTENNEC, *élevant la voix.*

Taisez-vous ! je veux bien qu'on m'accuse ;
Mais pour mon commandant, respect !

PREMIER GUERRIER.

Et quelle excuse
Pourras-tu nous donner de son projet d'hier,
D'emmener avec vous Zodaï sur la mer,
Dans l'orage ?

**LASTENNEC.**

Ah ! c'est toi qui fais cette demande !

**PREMIER GUERRIER.**

Oui.

**LASTENNEC.**

Je te reconnais : il est bon qu'on m'entende.

(A la foule.)

Voyez-vous ce guerrier si généreux, si fort?
Hier il promettait de nous donner la mort :
Cinquante contre nous, ils devaient...

**QUELQUES SAUVAGES,** *l'interrompant.*

Quelle injure!

**LASTENNEC.**

Nous escorter...

**UN PLUS GRAND NOMBRE,** *l'interrompant.*

C'est faux !

**LASTENNEC.**

Nous noyer...

TOUS, *l'interrompant.*

Non !

LASTENNEC

Je jure !...

PREMIER GUERRIER.

Il blasphème !

TOUS.

Qu'il meure !

LASTENNEC.

Écoutez-moi !

QUELQUES SAUVAGES.

Non !

TOUS.

Non !

LE JEUNE SAUVAGE.

Il faut l'entendre, au moins.

PREMIER GUERRIER, *levant son casse-tête sur la tête du jeune homme.*

Toi, prends garde !

LASTENNEC, *arrêtant le coup.*

Il est bon,
Ce jeune homme : je prends sa défense.

PREMIER GUERRIER.

Toi-même,
Il faut te préparer...

LASTENNEC.

A mon heure suprême ?
J'y suis prêt : à quel sort m'avez-vous condamné ?

DEUXIÈME VIEILLARD.

A mourir dans les flots.

LASTENNEC.

Mourir où je suis né !
Quel bonheur ! je ne veux qu'une grâce dernière,
C'est un petit moment pour faire ma prière.

**PREMIER VIEILLARD.**

A quel Dieu?

**LASTENNEC.**

Bon! cela ne vous regarde en rien.

**PREMIER VIEILLARD.**

Si tu lui demandais de nous punir !

**LASTENNEC.**

Eh bien,

Je la ferai tout haut : écoutez.

(Il s'agenouille.)

Dieu, pardonne

Au pauvre matelot, que l'espoir abandonne,
Ses fautes d'autrefois, ses fautes d'aujourd'hui !
Fais que son général soit plus heureux que lui !
Qu'il s'éloigne à jamais de cette terre ingrate,
Et qu'il voie un matin, du haut d'une frégate,
Aux rayons d'un beau jour, au souffle d'un vent frais,
Monter à l'horizon le rivage français.
Fais que l'humanité règne sur ce rivage :
Éclaire les esprits de ce peuple sauvage :

Qu'ils comprennent un jour comment les derniers vœux
De l'homme qu'ils tuaient pouvaient être pour eux !

(Il se relève.)

Je suis prêt.

LE JEUNE SAUVAGE.

Quel langage !

DEUXIÈME GUERRIER.

Il m'étonne.

PREMIER GUERRIER.

Il me blesse.

C'est une insulte.

PREMIER VIEILLARD.

Non, c'est bien.

PREMIER GUERRIER.

Point de faiblesse.

La mort !

QUELQUES SAUVAGES.

La mort !

PRÉMIER GUERRIER.

Eh bien ! quelques voix seulement !

(Aux femmes.)

Vous pleurez, vous ! pourquoi cet attendrissement ?

UNE FEMME.

Nous le plaignons.

DEUXIÈME VIEILLARD.

Il faut que la loi s'accomplisse.

LA FEMME, *à une autre.*

Viens, nous ne serons pas témoins de son supplice.

PREMIER VIEILLARD, *à ceux qui l'entourent.*

Allons-nous-en.

(Lapérouse et Lauriston paraissent sur la montagne.)

DEUXIÈME GUERRIER.

Voici Lapérouse !

LE JEUNE SAUVAGE.

Tant mieux !

Ils ont peur.

**PREMIER GUERRIER.**

Lapérouse !

**DEUXIÈME GUERRIER.**

Amis, quittons ces lieux.

(La foule se dissipe.)

**PREMIER GUERRIER**, *cherchant à les retenir.*

Lâches, vous me laissez !

**DEUXIÈME VIEILLARD.**

Viens avec nous.

## SCÈNE III.

LES PRÉCÉDENTS ; LAPÉROUSE, LAURISTON.

**LAPÉROUSE**, *arrêtant un des guerriers.*

Demeure.

(Aux autres.)

Venez.

(Quelques-uns restent. A Lastennec.)

Que veulent-ils ?

**LASTENNEC.**

Ils veulent que je meure.

**LAPÉROUSE,** *aux sauvages.*

Lui? que vous a-t-il fait? quel crime a-t-il commis?
Vous ne répondez pas... Mais nous étions amis,
Ne le sommes-nous plus?... Vous fuyez?

(Ils s'éloignent tous.)

**LAURISTON,** *regardant au loin.*

Quel tumulte!

**LASTENNEC.**

Eromingo paraît, la foule le consulte.

**LAURISTON.**

Hélas! pour un moment nous avons échappé!

**LAPÉROUSE,** *regardant la mer.*

Et ce fatal brouillard, pas encor dissipé!
Vaisseau libérateur, vas-tu bientôt paraître?
Il est là, près de nous, dans la rade peut-être;
Peut-être sur son bord nous voguerons ce soir...

Faut-il que ces vapeurs m'empêchent de le voir!

(Le brouillard commence à se dissiper.)

LASTENNEC.

La brume s'éclaircit : espérance !

LAPÉROUSE.

Espérance !
Soleil, éclaires-tu le pavillon de France ?

LAURISTON.

Mon général ?

LAPÉROUSE.

Eh bien ?

LAURISTON.

Si ce navire...

LAPÉROUSE.

Après ?

LAURISTON.

Était parti !...

LAPÉROUSE.

Non, non, vous dis-je , il est tout près...
Parti ;... c'est impossible.

LAURISTON.

A tout il faut s'attendre.

LAPÉROUSE.

Une voix dans mon cœur semble se faire entendre...
Tenez... des rochers noirs on voit les grands massifs.

LASTENNEC.

Une ombre se balance au delà des récifs.

LAPÉROUSE.

C'est lui... non... si pourtant... mais cette ombre est énorme.

LAURISTON.

Regardez, général; elle change de forme,
S'étend, se décompose, et paraît s'entr'ouvrir...

LAPÉROUSE.

Oui... s'il était parti !.. nous n'aurions qu'à mourir...

Entendez-vous ces cris d'une foule irritée,
Au nom de tous ses dieux contre nous excitée?
Voyez ce monument que leurs mains ont détruit...

LAURISTON.

Vous croyez ?

LAPÉROUSE.

J'en suis sûr ; le chef qui les conduit
N'a rien à ménager, et bientôt rien à feindre ;
Car ce vaisseau parti, l'on ne va plus nous craindre.
Mais non ; pourquoi sitôt s'éloigner de ces mers?
Ces vastes archipels, à peine découverts,
Ne sont-ils pas remplis de terres ignorées,
D'îles encor sans nom, qu'on a mal explorées?
S'ils savent nos malheurs, s'ils viennent nous chercher,
Qu'ils sondent tous les fonds où l'on a pu toucher,
Suivent tous les courants qui portent aux rivages;
Qu'ils interrogent... Dieu! si ces peuples sauvages
Leur avaient dit : «Ailleurs ; ce n'est pas par ici !...»
Non, non : je ne puis croire !.. Oh! ce ciel éclairci,
Ce brouillard qui recule, et cette mer paisible,
Qui grandit, qui s'étend, et rien !.. c'est impossible !..

Hier on découvrait plus loin, beaucoup plus loin,
N'est-ce pas?

(Le brouillard se dissipe de plus en plus.)

LASTENNEC.

Oui, sans doute.

LAPÉROUSE.

Ils auront eu besoin
De réparer leurs mâts, leurs agrès... dans l'orage
On fait peu de chemin... Mes amis, du courage!..
Mes yeux se troublent.., là... voyez...

LAURISTON, *avec un grand cri.*

C'est l'horizon!

LAPÉROUSE.

L'horizon!

LASTENNEC.

Un beau ciel!

LAPÉROUSE.

Oui, vous avez raison!...
Mais l'île Toupoua ne paraît pas encore...

18

C'est là qu'il était, là...

LAURISTON.

Sa rive se colore...
On découvre des bois, des villages entiers!...

LAPÉROUSE, *se laissant aller sur un banc de gazon.*

Mes yeux se ferment!

LAURISTON.

Tout, jusques à ses palmiers...
Plus de vaisseau!

LAPÉROUSE.

Mon Dieu!

LASTENNEC.

Plus de vaisseau!

LAPÉROUSE.

Patrie!

Je ne te verrai plus! O compagne chérie!
O mon Roi! mes amis! je ne vous verrai plus!...
C'en est fait : bannissons des regrets superflus :

(Il se lève.)

Il me faut aujourd'hui des forces, de l'audace.

Je la vois, cette mer ; c'est toute sa surface,

C'est tout son horizon : ce vaisseau, je l'ai cru

Notre libérateur ; non, il a disparu.

Tout le poids de nos maux sur nos têtes retombe ;

Notre dernier séjour, ou plutôt notre tombe,

C'est ici. Mes amis, serrez-vous contre moi ;

Mon aspect peut encore inspirer quelque effroi,

Ma voix trouver encor de ces accents habiles

Qui jetaient à mes pieds des peuplades mobiles.

Ils s'approchent de nous : leurs cris ont redoublé ;

Mais de ces vains transports je ne suis point troublé,

Et d'ailleurs, dans mes mains je tiens encor la foudre.

Ils ne connaissent pas les effets de la poudre,

Et dût Eromingo les avoir racontés,

Je puis glacer d'un coup leurs sens épouvantés.

Je les attends : surtout gardez bien le silence.

Un mot peut irriter leur folle turbulence...

Une femme !

LAURISTON.

Grand Dieu ! c'est Améa !

## SCÈNE IV.

LES PRÉCÉDENTS ; AMÉA.

AMÉA.

Fuyez !

Ils viennent, les voilà !

LAPÉROUSE.

Qui ?

AMÉA.

Les méchants : voyez !
Ils descendent déjà la colline sacrée.
Du temple des aïeux ils m'ont fermé l'entrée ;
Mais je sais tout, oui, tout : Zodaï me l'a dit ;
Il faut une victime,

(A Lauriston.)

Et c'est toi qu'on choisit !

LAURISTON.

Moi !

AMÉA.

Les Dieux ont parlé ; c'est ton sang qu'ils demandent

Zodaï ne peut rien ; les prêtres seuls commandent.

LAURISTON.

Lapérouse à ce prix pourra-t-il s'échapper ?

AMÉA.

Oui.

LAURISTON.

Je cours au-devant des coups qu'ils vont frapper.

LAPÉROUSE.

Arrêtez, Lauriston, que faites-vous ?

AMÉA.

       Barbare,
Attends-moi : tu veux donc que la mort nous sépare!
Quand tu voulais partir, je ne te quittais pas ;
Attends-moi.

LAPÉROUSE.

    Lauriston, je m'attache à vos pas :
Ce dévouement sublime, où peut-il nous conduire ?

LAURISTON.

En France.

LAPÉROUSE.

A quel espoir vous laissez-vous séduire ?
Leur pouvoir aujourd'hui veut s'essayer sur vous ;
Demain mon tour viendra. Non, bravons leur courroux ;
Nous le pouvons encor.

AMÉA.

Fuyez, fuyez, vous dis-je.

LAPÉROUSE.

Fuir ! mais pour nous sauver il faudrait un prodige.

AMÉA, *montrant le rivage.*

Ma pirogue...

LAPÉROUSE.

Ils sont là, tout près.

AMÉA.

Un seul moment
Suffit à votre fuite, à votre embarquement.

**LAPÉROUSE.**

Leurs canots...

**LASTENNEC.**

Je réponds de les laisser derrière.

**LAPÉROUSE.**

Leurs flèches...

**AMÉA.**

Il faudrait m'atteindre la première,
Ils n'oseront.

**LAURISTON.**

Grand Dieu! moi, je te laisserais
Protéger de ton corps notre départ?... jamais!
Je reste.

**LAPÉROUSE.**

Il a raison : et d'ailleurs quél asile
Nous est encore ouvert?

**AMÉA.**

Écoute : il est une île
Dont nul mortel, dit-on, n'a le droit d'approcher...

**LASTENNEC.**

Celle qu'on aperçoit au détour du rocher?

**AMÉA.**

Oui : les Dieux du pays chaque jour y descendent.

**LAURISTON.**

Et jamais vos guerriers, vos prêtres ne s'y rendent?

**AMÉA.**

Jamais : Eromingo peut seul y pénétrer.

**LAPÉROUSE.**

Et comment jusqu'alors ai-je pu l'ignorer?

**AMÉA.**

Seul de nommer ces lieux il a le privilége :
Et moi, dans ce moment, je fais un sacrilége.

**LAPÉROUSE.**

Il suffit : jusqu'au soir si je puis prolonger
La lutte dangereuse où je vais m'engager,

Nous saurons... Mais voici le cortége farouche.

Dieu, prête à ma parole un accent qui les touche!

### LASTENNEC.

Patronne de la France, ayez les yeux sur nous.

### LAPÉROUSE.

Amis, songez à Cook, à Delangle !

## SCÈNE V.

LAPÉROUSE, LAURISTON, LASTENNEC, AMÉA, ZODAI, EROMINGO, ZÉBOUM, PAOTARRI, Prêtres, Guerriers, Peuple.

(Un long cortège s'avance. De jeunes garçons portent des flambeaux de bois résineux ; de jeunes filles des guirlandes de fleurs. Les guerriers, armés de carquois et de longs arcs suspendus à leurs épaules, lèvent leur casse-tête, surmonté de chevelures ennemies. Des vieillards, couronnés de feuillage, soutiennent de grandes corbeilles de nattes, où sont les ossements des aïeux. Des femmes agitent au-dessus des branches de palmier. Les prêtres, tenant en main de longs bambous, environnent une image grossière, que quelques-uns d'entre eux portent sur leurs épaules. Cette image est couronnée de fleurs. Zodaï vient ensuite, entouré de guerriers au visage farouche. Eromingo marche à la tête du cortège, et le fait ranger en cercle à mesure qu'il se déploie. L'image est au milieu.)

### EROMINGO.

A genoux !

(Tous s'agenouillent.)

Au premier des humains, hommes, rendez hommage.

  Voici sa vénérable image.

Vos lois, vos mœurs, vos arts, à lui seul tout est dû.

Du monde des esprits ici-bas descendu,

  Seul il connut les biens de l'autre vie.

Dans la pierre des champs, dans l'arbre des forêts,

  Seul il cacha les merveilleux secrets

De la flamme qu'au ciel ses mains avaient ravie.

  Votre langage est celui que les Dieux

    Parlaient avec lui dans les cieux.

    Vos fêtes, vos cérémonies

Sont celles qu'au grand Être offrent les bons génies.

Tout ce qui vient d'ailleurs, c'est un mauvais esprit

    Qui l'a soufflé sur ce rivage :

    Celui qui l'adopte, périt.

Au premier des humains, hommes, rendez hommage!

(Les sauvages frappent la terre de leurs fronts.)

  Relevez-vous.

(Tous se relèvent.)

      Le sacrifice est prêt :

Le bûcher des aïeux appelle sa victime :

  J'ai consulté le démon de l'abîme :

    Il a parlé : voici l'arrêt :

« D'un étranger je veux la tête ;
« Et cet étranger, c'est...»

AMÉA.

Arrête !

Ne le prononce pas, le nom du condamné ;
En passant par ta bouche il serait profané.

LAURISTON.

Ciel !

ZODAI.

Ma sœur !

LAPÉROUSE.

Améa !.. tu nous perds.

AMÉA.

J'en atteste

Cet Océan sans fond, cette voûte céleste,
Des hommes d'autrefois ces muets ossements,
Ce soleil, cette terre, et tous nos Dieux : tu mens !

LAPÉROUSE.

Voilà ce que j'ai craint.

TOUS, *sourdement.*

Vengeance !

LASTENNEC.

Quel murmure !

LAPÉROUSE.

C'est un signal de mort.

EROMINGO, *montrant l'image aux prêtres.*

Voilez cette figure !
Jetez au loin ces fleurs, éteignez ces flambeaux,
Que tous ces ossements rentrent dans les tombeaux.

(Désordre dans la foule ; on exécute ses ordres. A Améa.)

Du moins, en m'outrageant, respecte ta famille.
Les Dieux n'écoutent plus ; tu peux parler, ma fille.

LAPÉROUSE, à *Améa.*

Tais-toi !

AMÉA.

Je ne le puis... on veut sa mort... pourquoi ?

ZODAI.

Il voulait te ravir.

AMÉA.

On te trompe ; c'est moi,
Moi qui suivais ses pas, qui les suivrais encore.
Car il est mon époux ; je l'aime, je l'adore
Plus que vous n'adorez vos Dieux !

ZÉBOUM.

O trahison !

ZODAI.

O honte !

ZÉBOUM.

Ce jeune homme a troublé sa raison.

EROMINGO.

Eh bien, écoutez tous la divine parole.
Les Dieux ont désigné Lauriston : qu'on l'immole !

(Quelques sauvages s'avancent, lèvent leurs armes.)

**LAPÉROUSE,** *se mettant devant Lauriston.*

Avant de le frapper, commencez donc par moi.
Qui de vous l'osera?

**LAURISTON,** *cherchant à le retenir.*

Lapérouse!

**LAPÉROUSE,** *à un sauvage.*

Est-ce toi?
Mais hier, la boisson de mes mains préparée
A sauvé ton enfant d'une mort assurée.

(A un autre.)

Toi?.. d'un père irrité je t'ai rendu l'amour,
Dans les bras maternels j'ai pressé ton retour.

(A d'autres.)

Vous?.. mais j'ai cet hiver divisé dans les plaines
Le torrent dont le cours ravageait vos domaines...

(A un autre, qui tient une bêche européenne.)

Et toi?.. Dieu! qu'ai-je vu! quelle arme est dans ta main?
C'est moi qui t'ai donné cet instrument! Demain
Du meurtre d'un ami sa lame ensanglantée
Fera fuir sous ses coups la terre épouvantée.

Viens donc, ouvre mon front : ce fer s'y rougira
D'une tache que rien jamais n'effacera :
En veillant, en dormant, tu ne verras plus qu'elle ;
Et quand tu tomberas dans la nuit éternelle,
Quand tu te lèveras au soleil des beaux jours,
Tu la verras encor ; tu la verras toujours !

### LASTENNEC, *à Lauriston*.

Ils tremblent.

### EROMINGO.

Frappez donc !

### LAURISTON.

Eromingo !

### LAPÉROUSE, *à Lauriston*.

Silence !

### EROMINGO, *à Lapérouse*.

Français, de tes discours j'admire l'insolence ;
Mais laisse donc parler ce jeune homme : c'est lui
Dont nous voulons la tête, et non pas la tienne.

### TOUS.

Oui !

Lauriston ! Lauriston !

### EROMINGO, *à Lapérouse.*

Toi, je veux que tu restes :
Ce pays, ce climat ne te sont point funestes.
Lorsque dans des murs froids chez vous emprisonné,
Je vous redemandais les lieux où je suis né,
« Il n'est pas encor temps, disiez-vous ; du sauvage
« Il faut que tout le monde ait connu le visage :
« Nos enfants ne sont pas encor las de te voir. »
C'est mon tour aujourd'hui : je tiens en mon pouvoir
Des hommes de l'Europe ; il faut que je les garde ;
Je veux que tout ce peuple à loisir les regarde ;
Toi surtout, dont l'esprit me paraît plus savant,
Toi qui parles si bien, et peux plaire en servant.

### LAURISTON.

Lui, servir ! quel affront !

### LASTENNEC.

Mon général !

EROMINGO.

> Sans doute.

LAURISTON.

Ah! que de son pays il reprenne la route :
Ce vaisseau n'est pas loin : peut-être il l'atteindra ;
Tuez-moi ; mais du moins qu'il s'en aille !

EROMINGO.

> Il mourra

S'il s'éloigne d'ici.

LAPÉROUSE.

Comment ?

EROMINGO.

> Toutes ces îles

Sont pleines d'ennemis : par mes conseils habiles
J'ai fait assassiner vos Français.

LAURISTON.

> Malheureux !

EROMINGO.

Vous étiez plus de cent : je n'en voulais que deux.

LAPÉROUSE.

Et tu ne craignais pas que des rives de France
Un navire !...

EROMINGO.

En effet ; contre toute apparence,
Ce vaisseau, que les mers viennent de vous cacher...

LAPÉROUSE.

Eh bien ?

EROMINGO.

Il est français : il venait vous chercher.

LAURISTON.

Tu l'as vu ?

EROMINGO.

J'ai monté sur son bord.

LAPÉROUSE.

Et peut-être,
Tu leur as dit...

EROMINGO.

J'ai fait ce que je devais.

LAURISTON.

Traître !

Tu les as détournés !

EROMINGO.

Ils ne reviendront pas.

LAURISTON, *tirant son épée.*

Ah ! dussé-je expirer aussitôt, tu mourras.

(Il s'élance sur Eromingo.)

LAPÉROUSE.

Lauriston !

AMÉA.

Lauriston !

(La foule se jette entre eux.)

LAURISTON.

Laissez-moi !

TOUS.

Mort!

(Zéboum et les guerriers désarment Lauriston.)

LAURISTON.

O rage!

TOUS, *levant leurs armes.*

Mort!

LAPÉROUSE, *saisissant son pistolet.*

Je n'ai qu'un moyen de conjurer l'orage.

TOUS, *s'approchant de plus en plus.*

Mort!

AMÉA, *se jetant dans les bras de Lauriston.*

Nous deux!

ZODAI, *empêchant de frapper.*

Arrêtez!

LAURISTON.

Je ris de leurs clameurs.

#### EROMINGO.

Attends !

*(Il saisit le casse-tête d'un guerrier, et s'avance.)*

#### LAPÉROUSE.

Dieu des Français, lance la foudre !

#### EROMINGO, *levant le casse-tête sur Lauriston.*

Meurs !

*(Lapérouse lâche le coup de pistolet sur Eromingo ; tous les sauvages tombent à genoux, en poussant un grand cri, se relèvent et fuient.)*

#### EROMINGO, *chancelant.*

Ah !... je suis blessé !

*(A la foule qui s'enfuit.)*

Non; ce n'est pas le tonnerre.

#### LAPÉROUSE, *le menaçant encore du pistolet.*

Fuis, malheureux, fuis donc ; crains ma juste colère.

#### EROMINGO, *fuyant.*

Mon sang coule... vengeance !

## SCÈNE VI.

LAPÉROUSE, LAURISTON ; AMÉA, *évanouie dans les bras de Lauriston.*

LAPÉROUSE.

Il faut partir, venez.

LAURISTON, *montrant Améa.*

C'est elle qui nous sauve, et vous l'abandonnez?

LAPÉROUSE.

Imprudent ! vous voulez...

LAURISTON.

Sa perte est assurée

Si je la laisse...

LAPÉROUSE.

Mais sa raison égarée...

LAURISTON.

En cet affreux état je ne puis la quitter.
Améa !

**LASTENNEC.**

Général, nous pouvons l'emporter.

**LAPÉROUSE.**

Vite, à l'Ile sacrée !.. O mon Dieu, je t'en prie,
Veille sur notre fuite, et rends-nous la patrie !

(Lauriston et Lastennec emportent Améa. Lapérouse embrasse avec
transport les débris du monument. Ils partent.)

FIN DU TROISIÈME ACTE.

# ACTE IV.

---

Le théâtre représente l'entrée d'une forêt dans l'Ile sacrée. Tout doit offrir l'aspect de lieux où jamais les hommes n'ont pénétré, et porter l'empreinte de la végétation puissante qu'on admire entre les tropiques. La scène entière, entrecoupée d'arbres gigantesques, est terminée au fond par une immense caverne. On doit pouvoir y entrer, et gravir, au milieu des arbres et des lianes, sur les rochers qui la dominent.

## SCÈNE I.

### LAPÉROUSE, LAURISTON, AMÉA.

(Lapérouse est endormi sur des mousses, accablé par la chaleur. Améa est assise près de lui, et le regarde. Lauriston paraît dans le fond.)

#### LAURISTON.

Mon général!...

#### AMÉA.

Il dort : de fatigue épuisé
Il s'est couché sous cet ombrage.

**LAURISTON.**

Il fait si chaud depuis l'orage !
D'accablantes vapeurs le ciel est embrasé.
L'air, la terre, les caùx, contre nous tout conspire :
Pas un souffle de vent ; c'est du feu qu'on respire.

**AMÉA.**

Et puis, notre ami généreux
A ramé comme vous, pour achever plus vite
Ce trajet long et dangereux.

**LAURISTON.**

Ah ! de son dévouement connais tout le mérite :
Vois-tu cet instrument fatal,
Qui détourna le coup prêt à frapper ma tête ?
Il ne peut plus faire de mal,
Il n'enferme plus la tempête.
J'avais prié mon chef de conserver pour lui
La puissante ressource à ses mains échappée :
Il s'est privé de son dernier appui ;
Et si quelqu'un l'attaque il n'a plus qu'une épée.

AMÉA.

Bon Lapérouse !

LAURISTON.

Heureusement pour nous,
Nul dans ces lieux sacrés ne pourra nous atteindre.

AMÉA.

Mais nos Dieux !...

LAURISTON.

Avec moi tu ne dois pas les craindre,
Le mien est plus puissant qu'eux tous :
Il nous protège.

AMÉA.

Ah ! ce Dieu que j'ignore,
Puisse-t-il entendre ma voix !
Mon bien-aimé, j'ai peur de tout ce que je vois ;
Dans le canot je voudrais être encore.
Ces impénétrables forêts
Que les pas des humains jamais n'auraient troublées ;

Cette caverne sainte et pleine de secrets,

Ce bruit lointain des eaux dans le fond des vallées,

De ces oiseaux cachés les merveilleux concerts,

Ces parfums inconnus qui montent dans les airs,

Tout répand dans mon âme une horreur invincible :

  Je n'ose regarder que toi :

Je me sens entourer d'une foule invisible

  Dont les yeux sont fixés sur moi.

Écoute... je frissonne... entends-tu ce murmure

Qui glisse dans les bois?...

   LAURISTON.

     Je n'entends d'autre bruit

Que celui des torrents...

   AMÉA.

   Lauriston, j'en suis sûre.

  LAURISTON, *écoutant.*

C'est le vent qui s'élève.

   AMÉA.

  O bonheur ! à la nuit

Nous serons loin de cette rive.

Mon bien-aimé, quoi qu'il arrive,

Promets-moi de ne pas m'abandonner.

### LAURISTON.

Quels mots

Tu viens de prononcer ! moi, que je t'abandonne !

### AMÉA.

Pardonne à ma faiblesse, à mes craintes : pardonne;

C'est moi qui cause tous vos maux :

Sans moi, tu voguerais peut-être

Vers le pays qui t'a vu naître.

### LAURISTON.

Sans toi, chère Améa !.. Tu veux donc m'affliger ?

### AMÉA.

Oh ! non.

### LAURISTON.

Pourquoi me tiens-tu ce langage ?

### AMÉA.

Je ne sais, mais ce long voyage...

Il me rendait heureuse, et je n'ose y songer.

LAURISTON.

Comment !

AMÉA.

Il est donc vrai, Lauriston : ta patrie
Va devenir la mienne ?

LAURISTON.

Améa, pour toujours.

AMÉA.

Et la terre où tu m'as chérie,
La terre où près de toi j'ai vu fuir tant de jours,
Et mon bon frère, et nos belles demeures,
Je ne les verrai plus !

LAURISTON.

Chère Améa, tu pleures !

AMÉA.

Tiens, lorsque notre ami devant moi fit jaillir
De sa flèche de feu la lumière éclatante,

Dans ma poitrine palpitante
   Je sentis mon cœur défaillir ;
    Je crus mourir ; j'étais contente.
Puis, quand je m'éveillai de ce rêve des morts,
Par les flots de la mer si doucement bercée,
   Sur tes genoux la tête renversée,
Ne voyant que le ciel et ton sourire, alors
     Une ravissante pensée
S'empara tout-à-coup de mes sens éperdus :
Il me sembla voguer avec toi sur les ondes
Qui doivent nous porter un jour vers d'autres mondes
Où l'on vit pour aimer, où rien ne change plus.
    Je me disais : plus de souffrance ;
Car ici des méchants je ne crains pas les traits :
  Plus de frayeur ; car les femmes de France
Ne mépriseront pas mes sauvages attraits.

### LAURISTON.

Te mépriser, grand Dieu ! voilà donc tes alarmes !
    Chère Améa, sèche tes larmes :
    Dans ce pays si redouté
    Tu ne verras point de rivale :
    La France n'a rien qui t'égale

En candeur, en grâce, en beauté.

Viens parmi nous, enfant de la nature,

Viens parmi nous, et ne crains rien :

Ce regard enchanteur, cette voix fraîche et pure,

Qui pénètre les cœurs des sentiments du tien ;

Cette parole et naïve et sublime,

Qui pareille aux doux vêtements,

De ta belle âme qu'elle exprime

Dessine à tous les yeux les chastes mouvements ;

Et ce besoin d'aimer, ta science, ta vie,

Ce mélange enfantin d'innocence et d'amour,

Ah ! voilà des trésors que l'Europe t'envie :

Puisses-tu sur nos bords ne pas les perdre un jour !

### AMÉA.

Mais cette Europe si vantée,

Si nous ne devions pas la voir !

S'il fallait vivre sans espoir

Sur quelque rive inhabitée,

Et mourir !...

(Lapérouse en dormant fait un mouvement.)

### LAURISTON.

Que dis-tu ? Lapérouse a frémi.

Ta voix... (Est-ce un avis céleste ?)
A passé sur son front comme un rêve funeste.

### AMÉA.

Tu m'aimerais encor, n'est-ce pas, mon ami ?

### LAURISTON.

Oui, toujours ; oui, partout ; sur un bord solitaire,
    Comme dans nos brillants climats,
    Sur les flots comme sur la terre,
    Et dans le ciel comme ici-bas.
    Plus de maux, plus d'inquiétudes :
Notre Dieu guidera ce canot voyageur ;
Qu'importe où nous allons, quand l'Océan vengeur
Déroule devant nous ses vastes solitudes ?
Peut-être il n'est pas loin, ce pays fortuné,
    Qu'il nous réserve pour asile ;
C'est quelque île déserte, au rivage tranquille,
    D'un long récif environné :
    Pour mes amis, pour ma compagne,
Que faut-il ? un abri contre les feux du jour,
    Quelques bananiers à l'entour,
    Et le ruisseau de la montagne.

Dans ces brûlantes régions,

Où tant d'arbres touffus, aux feuilles toujours vertes,

Laissent pendre leurs fruits sur nos têtes couvertes

De leurs mobiles pavillons,

On peut errer à l'aventure,

Sûr de trouver partout un lit pour le sommeil,

Une abondante nourriture,

Un frais ombrage, un beau soleil.

C'est là qu'on sent la Providence,

Là qu'on aime, et qu'on est aimé ;

Là que dans un air embaumé

On respire l'indépendance ;

Là que j'oublierais près de toi,

L'Europe, la France et mon roi !...

Oui, s'il faut renoncer à ces biens que j'espère,

Aux champs de mon pays, au tombeau de mon père,

Loin du monde à jamais s'il faut vivre exilé,

En mourant dans tes bras je mourrai consolé.

### 'AMÉA.

Lapérouse s'éveille.

### LAPÉROUSE.

Oh ! quels songes funèbres !

Quels noirs pressentiments ont troublé mon repos !
Des voix plaintives... des ténèbres...
Des corps ballottés par les flots...
Où suis-je ?

AMÉA.

Dans l'Ile sacrée.

LAPÉROUSE.

Loin dans les forêts ?

LAURISTON.

A l'entrée.

LAPÉROUSE.

Mon sommeil a duré bien longtemps ?

AMÉA.

Non, ami :
L'ombre était là quand tu t'es endormi.

LAPÉROUSE.

Mais le soleil devrait être à ma droite :
De ma position je ne connais plus rien.

**LAURISTON.**

Mon général, vous savez bien
Que des brisans la passe trop étroite
Nous a forcés de chercher vers le nord
Un accès plus commode, un plus facile abord.

**LAPÉROUSE.**

La pirogue?

**LAURISTON.**

Elle est amarrée
Au fond d'une anse retirée,
A l'abri d'un rocher dont le front arrondi
Sous l'ombre de ses bois la dérobe à la vue :
Elle ne peut être aperçue
Que de la mer.

**LAPÉROUSE.**

C'est bien : on viendrait du midi
Si l'on nous poursuivait; car ce peuple sauvage
Par la basse marée ose d'un pied hardi
Courir sur les récifs de rivage en rivage.
Et Lastennec?

**LAURISTON.**

Il est dans la pirogue.

**LAPÉROUSE,** *se levant.*

Allons ;

Voilà bien des heures perdues.

L'ennemi peut agir pendant que nous parlons :

S'il arrivait... entrons dans ces forêts touffues ;

On nous verrait dans ces vallons.

**AMÉA.**

Entrer dans ces forêts ! que les dieux m'en préservent!

C'est leur demeure ; ils y sont, ils m'observent,

Tout prêts à me punir si je désobéis :

Pardonnez, pardonnez, ô dieux de mon pays !

**LAPÉROUSE.**

Mais pour chercher ailleurs des retraites profondes,

Ou des peuples hospitaliers,

Peut-être allons-nous sur les ondes

Errer pendant huit jours entiers.

L'île la plus voisine est Taumako.

LAURISTON.

Sans doute
Il nous faudra trois soleils pour la route :
Et si les habitants viennent nous attaquer...

LAPÉROUSE.

Si nous ne pouvons débarquer,
Pour aller recueillir à terre
Des fruits, une boisson limpide et salutaire...

LAURISTON.

Que ferons-nous ?

LAPÉROUSE.

Profitons des moments
Que nous pouvons passer sur ces paisibles rives...

LAURISTON.

Ces bois recèlent des eaux vives...

LAPÉROUSE.

Ces arbres sont couverts des plus sains aliments.

LAURISTON.

Entrons.

LAPÉROUSE.

Viens nous aider.

AMÉA.

Je ne puis m'y résoudre.
Vous dont le Dieu vous a prêté sa foudre,
Vous pouvez seuls des miens affronter la fureur.
Mais moi...

LAURISTON.

Chère Améa, viens donc, c'est une erreur.

AMÉA.

Parle plus bas ; ils vont t'entendre.

LAPÉROUSE.

Viens donc.

AMÉA.

Non ; dans ce lieu j'aime mieux vous attendre :

J'aurai peur, mais bien moins.

(Lapérouse prend Lauriston par la main.)

Ne vous éloignez pas.

LAURISTON.

Non : toi non plus.

AMÉA.

Sans vous je ne puis faire un pas.

LAURISTON.

Je reviens au plus tôt.

AMÉA.

Surtout, marchez ensemble.

(Ils sortent.)


# SCÈNE II.

AMÉA, *seule.*

AMÉA.

Ils me quittent... comme je tremble !
Pourtant leur voix m'arrive ; ils sont encor bien près.

(Elle écoute.)

Ils ne pourront jamais entrer dans ces forêts...

Ces ravins inégaux, ces mousses entassées,

Ces arbrisseaux aigus, hérissés de longs dards,

 Ces lianes entrelacées

 Vont leur fermer de toutes parts

 Les routes qu'ils auront tracées...

 (Elle cherche à les suivre des yeux.)

 Ils échappent à mes regards.

Me voilà seule !...

(Deux figures de sauvages paraissent entre les broussailles, au-dessus
de la caverne. L'un d'eux veut s'élancer, l'autre le retient, en
lui montrant le côté opposé à celui par lequel Lapérouse est sorti.
Ils se cachent.)

 O ciel : le feuillage remue !

C'est près de la caverne... on a parlé, je croi...

 Mes yeux se ferment malgré moi...

Il me semble qu'on marche... oh oui ! je suis perdue !

 (Elle s'assied.)


## SCÈNE III.

### AMÉA, LASTENNEC.

(Lastennec tient une flèche, qui traverse une feuille de bananier
sur laquelle sont tracés quelques caractères.)


### LASTENNEC.

Améa seule ici !... que sont-ils devenus ?

(Il s'approche d'elle.)

Améa! réponds-moi.

AMÉA, *revenant à elle.*

Dieux! ces accents connus...
Lastennec!...

LASTENNEC.

Où sont-ils?

AMÉA.

Là.

LASTENNEC.

Fatale nouvelle!
Comment les retrouver dans ces forêts?

AMÉA.

Appelle.

LASTENNEC.

Impossible.

AMÉA.

Pourquoi? (Elle appelle.) Laur....

**LASTENNEC,** *l'interrompant.*

Tais-toi, tu nous perds!
Les méchants sont ici, nous sommes découverts.

**AMÉA.**

Qu'as-tu dit!

**LASTENNEC,** *lui montrant ce qu'il porte.*

Tiens, regarde.

**AMÉA.**

Eh bien? ces caractères..

**LASTENNEC.**

Je dormais à l'abri de ces rocs solitaires,
Dans le canot : soudain un bruit confus de voix
Au-dessus de ma tête a passé dans les bois.
Dans le reflet des eaux j'ai vu mouvoir les branches,
Puis un front se pencher couvert de plumes blanches,
Puis un bras se lever ; et, plus prompt que l'éclair,
Ce trait près de la barque a tombé dans la mer.

**AMÉA.**

C'est Zodaï.

LASTENNEC.

Sans doute.

AMÉA.

Ah ! que vient-il nous dire ?
Cette feuille t'apprend...

LASTENNEC.

Rien ; je ne sais pas lire.

AMÉA.

Quoi ! tu ne comprends pas sa pensée ?

LASTENNEC.

O remords !
O maudits les parents !.. laissons en paix les morts !
Et pourtant un barbare, un enfant !... quelle injure !
Ce mot, notre salut dépend de sa lecture ;
Et les jours d'un grand homme, et l'honneur du pays,
Moi, j'ai tout dans les mains, moi seul... et je ne puis !
Au prix de tout mon sang je... mais pourquoi me plaindre ?..
Le mal est réparé si je peux les atteindre !

(Il s'éloigne.)

AMÉA.

Ils m'abandonnent tous !

LASTENNEC, *courant.*

Il faut les secourir.
Dieu, sauve Lapérouse, et laisse-moi mourir !

## SCÈNE IV.

AMÉA, *seule.*

AMÉA.

Mon frère dans cette île ! et de quel droit ? les prêtres
D'aborder ce rivage auraient-ils la faveur ?
Car il n'était pas seul. Vient-il comme un sauveur ?
Vient-il environné de traîtres ?
O Lauriston ! ô mes amis !
Sans le savoir, j'ai causé votre perte.
De vos plus cruels ennemis
Cette terre sera couverte.
Tous ceux qui vous aimaient, tous ceux dont le secours
Eût dans Vanikoro fait respecter vos jours,
Ne pourront toucher cette rive ;

Et cet appui, c'est moi qui vous en prive !
Le voilà donc, l'asile où je vous ai conduits !...

(Elle écoute.)

Ils ne reviennent pas... j'entends au loin des bruits
    Lugubres, incompréhensibles.
Oh ! si j'osais franchir ces bois inaccessibles !...
Si je pouvais du moins, comme l'aigle des mers,
Prendre un essor rapide et planer dans les airs,
Mon œil, interrogeant ces innombrables cimes,
De leurs flots de verdure ouvrirait les abîmes !...

(Elle écoute encore.)

Que font-ils ?.. Lastennec, les as-tu rencontrés ?
Sont-ils encore unis ? les a-t-on séparés ?
Peut-être l'un des deux... ah ! lequel ?... insensée,
Quel est le choix terrible où se perd ma pensée !
Lauriston ?... je mourrais : son ami ?... je mourrais ;
Et plus coupable encor, plus en proie aux regrets ;
Car il ne me doit rien, lui : cet amour funeste
Ne lui fait que du mal ; et cette âme céleste,
Qui d'un juste reproche aurait pu m'accabler,
Ne songe qu'à me plaindre et qu'à me consoler.
Mais quels cris ! quel tumulte ! où fuir ?.. dans la nacelle

(Elle va pour fuir vers le rivage.)

Imprudente ! c'est la livrer.

Dans les bois ?.. essayons... que dis-je ? c'est montrer

Le chemin qu'ils ont pris, le lieu qui les recèle.

Si dans cette caverne... ô Dieux ! Dieux ! permettez

Que je livre ma tête à vos mains redoutables !...

Vous m'avez entendue ; oui, vous y consentez !

Ah ! marchez devant moi, bons esprits ! écartez

     Les fantômes épouvantables

Qui semblent se mouvoir dans ces obscurités...

Entrons !.. il n'est plus temps !

## SCÈNE V.

**AMÉA, EROMINGO, ZÉBOUM, PAOTARRI,** *foule de* PRÊTRES
*armés d'arcs et de flèches, de casse-têtes, de massues.*

(Eromingo a le bras enveloppé. De la main qui lui reste, il tient une
hache.)

### EROMINGO.

     Courez ! qu'on la saisisse !

Elle osait profaner ces lieux !

(On lui barre l'entrée de la caverne, on s'approche d'elle.)

### AMÉA.

     Respectez-moi !

Je suis la sœur de votre roi.

EROMINGO.

Je parle au nom des Dieux, prêtres, qu'on obéisse!

(On entoure Améa.)

AMÉA.

Si Zodaï savait!..

EROMINGO.

Zodaï le saura :
Il t'attend au rivage, et l'on t'y conduira.

AMÉA.

Que n'est-il avec vous!

EROMINGO.

Ah! tu veux qu'il t'imite!
L'abord de ces forêts est mortel.

AMÉA.

Je le sens.

EROMINGO.

Ici les rois sont impuissants,
Et mon pouvoir est sans limite.

AMÉA.

Donne donc le signal de mon supplice.

EROMINGO.

Non :
Je veux de ton forfait t'obtenir le pardon,
Car j'ai pitié de ta jeunesse.

AMÉA.

Que faut-il faire?

EROMINGO.

Il faut déclarer sans faiblesse
Où s'est caché celui dont ton cœur est épris,
Et l'endroit du rivage où la barque est placée.
Tu ne me réponds pas?

AMÉA.

Je cherche en ma pensée
Quels mots peuvent le mieux exprimer le mépris.

EROMINGO.

De ma hache à ton front mesure la distance.

21

**AMÉA**, *s'approchant.*

Elle est trop grande encor : tiens, frappe, si tu veux.

**EROMINGO**, *se relevant.*

Téméraire !.. après tout, qu'importent tes aveux?
Lauriston ne peut plus éviter sa sentence.
Vos aïeux ont voulu le sang d'un étranger.

**AMÉA**, *le montrant.*

Eh bien, voilà celui qu'on devrait égorger.

**EROMINGO.**

Moi !

**AMÉA.**

Toi ; tu n'es pas né sur nos bords : ta présence
A d'un peuple naïf corrompu l'innocence.
 Oui, sans toi, dans Vanikoro
 Nous ne ferions qu'une famille.
Au lieu d'être aujourd'hui mon juge, mon bourreau,
Chacun de ces vieillards m'appellerait sa fille.
Je ne sais quel démon, de nos vertus jaloux,
 T'envoya pour troubler nos fêtes ;
Dans un jour de malheur tu parus parmi nous,

Soufflé par le vent des tempêtes.

Meurs, méchant : ta parole est un poison dans l'air ;

L'éclat du jour s'éteint, flétri par ton haleine ;

Laisse-nous respirer, retourne dans l'enfer,

C'est ton pays, c'est ton domaine.

EROMINGO.

C'en est assez ; tais-toi : crains de me rappeler

La rigueur de mon ministère.

AMÉA.

Les Dieux m'ordonnent de parler,

Leur prêtre ne peut pas m'ordonner de me taire.

EROMINGO, *aux prêtres.*

Emmenez-la.

(On entraîne Améa.)

AMÉA, *en s'éloignant.*

Français ! éloignez-vous ! partez !

On vous attend ! fuyez la caverne !

## SCÈNE VI.

LES PRÉCÉDENTS, *excepté* AMÉA *et quelques* PRÊTRES.

EROMINGO.)

Écoutez !

Voici l'instant d'effacer notre injure,

De reprendre nos droits, de venger ma blessure.

Nos ennemis ne sont pas loin,

Les cris d'Améa nous l'apprennent :

De les chercher nous n'avons plus besoin,

Attendons-les ; nos Dieux nous les amènent :

Nos Dieux sont irrités : pour la première fois,

On a de leur séjour pénétré le mystère :

Trois hommes ont souillé l'air, les eaux et la terre,

Il faut qu'ils périssent tous trois.

Au grand esprit des mers je veux qu'on sacrifie

(A Zéboum.)

Lastennec ; et c'est toi que j'en charge.

ZÉBOUM.

C'est bien.

EROMINGO.

Au génie inconnu du monde aérien,

Lauriston : et cette œuvre, (A Paotarri) à toi je la confie.

PAOTARRI.

J'obéirai.

EROMINGO.

Pour moi, sous le sol indigné

Je veux engloutir Lapérouse :
Des esprits souterrains la famille jalouse
A ma haine l'a désigné.

(A Paotarri.)

De Lauriston que la tête tranchée
A ces arbres soit attachée !

(A Zéboum.)

Que le vieillard expire au fond des eaux !

(Aux autres.)

Que le chef soit plongé dans la nuit des tombeaux !
Et le ciel sera sans orages,
La terre sans poisons, et la mer sans naufrages !

ZÉBOUM.

Cachons-nous ; ils vont revenir.

EROMINGO.

Mais il faudrait les désunir.

ZÉBOUM.

Si Lastennec est seul encore,
Il sera bien vite surpris.
J'ai mis l'oreille à terre, et la forêt sonore
M'a dit le chemin qu'il a pris.

EROMINGO.

Mais vos armes sont-elles prêtes?
Saurez-vous frapper un coup sûr?

ZÉBOUM.

Regarde; tous nos casse-têtes
Sont du filao le plus dur.

EROMINGO.

Allez.

(Zéboum s'éloigne avec quelques sauvages armés de casse-têtes.)

(A Paotarri.)

Toi, descends sur la plage :
Prends cette hache; elle est d'un coquillage
Que nul choc ne saurait briser :
Au tombeau des aïeux je viens de l'aiguiser.

(Il lui donne sa hache; Paotarri sort avec quelques sauvages.)

Pour vous, dans ces taillis couchez-vous en silence ;
Les mousses, les buissons vous mettront à l'abri :
Écoutez : et qu'au premier cri
Autour de moi votre foule s'élance.

(Tous se dispersent dans le bois au-dessus de la caverne.)

Mais on accourt de ce côté

D'un pas ferme et précipité...
Entrons.

(Il s'enfonce dans la caverne.)

## SCÈNE VII.

**LAPÉROUSE, LAURISTON.**

(Ils sont chargés de quelques provisions qu'ils déposent sur le gazon )

**LAURISTON.**

Ciel ! Améa n'est plus ici !

**LAPÉROUSE.**

Peut-être
A nos yeux tout à coup elle va reparaître.

**LAURISTON,** *criant.*

Améa !

(Moment de silence.)

**LAPÉROUSE.**

Dans la grotte !

(Il y court et appelle.)

Améa !

(Silence.)

Dans le bois !

Écoutez !..

LAURISTON.

C'est l'écho qui répond à ma voix.
Ma sœur !.. ô Dieu! ma sœur! s'ils l'avaient poursuivie,
S'ils l'avaient en ce lieu découverte, et ravie!

LAPÉROUSE.

Elle eût par de longs cris imploré du secours.

LAURISTON.

Ah ! nous étions si loin, et nous marchions toujours.
Où la chercher?

LAPÉROUSE.

Peut-être elle a gagné la rive,
Elle est dans la pirogue.

LAURISTON.

Oui, son âme craintive
N'aura pu supporter ses terreurs... Ah! courons!
Si pourtant elle allait revenir! demeurons.

LAPÉROUSE.

Allez-y, j'attendrai... mais remontez de suite.
Avec elle ou sans elle il faut prendre la fuite.

LAURISTON.

Sans elle !.. oui, je reviens à l'instant.

(Il court au rivage.)

## SCÈNE VIII.

LAPÉROUSE, *seul.*

Doux espoir !

O France ! ô mon pays ! je puis donc te revoir !

D'Eromingo blessé je crains peu les menaces :

Nul sans lui n'oserait ici chercher nos traces.

Nos vivres suffiront pour trois jours de chemin :

Et, si le vent est bon, sans doute après-demain

Nous pourrons découvrir quelqu'une des Hébrides.

Mais il faudrait quitter ces rives homicides :

Chaque instant de retard peut être dangereux.

Améa ne vient point... ah ! quels cris douloureux !

C'est de ce côté... non : c'est l'oiseau du tropique

Qui poursuit sur les eaux l'anhinga pacifique [1]...

---

[1] Oiseau pêcheur, noir et blanc, qui nage ou se perche, mais ne marche pas sur terre. Son cou est extrêmement long et souple, et il le lance en replis onduleux, comme un serpent.

Et ces éclats lointains, ces bruits sourds et pesants..
Ce long murmure... eh bien, c'est celui des brisans.
Non, ce sont des voix d'homme, et des pas... on approche
On accourt... ils sont là, tout près de cette roche...
Des sauvages... mon Dieu ! Lauriston !

## SCÈNE IX.

### LAPÉROUSE, PAOTARRI, SAUVAGES.

(Ils entrent précipitamment, Paotarri cache quelque chose sous son vêtement.)

#### LAPÉROUSE.

Arrêtez !

Cette hache, quel sang l'a rougie?... écoutez !

(Ils lui échappent.)

Toi, sous ton vêtement, que portes-tu?... barbare !
Il fuit, sans me répondre... ah ! ma tête s'égare.

(Les sauvages s'enfoncent dans le bois.)

Je chancelle... ô Dieu ! Dieu ! pourquoi m'a-t-il quitté?
Lauriston !... je veux voir l'affreuse vérité.

(Il court au rivage.)

FIN DU QUATRIÈME ACTE.

# ACTE V.

---

Même décoration qu'au précédent.

## SCÈNE I.

ZÉBOUM, PAOTARRI, SAUVAGES, *puis* EROMINGO.

### ZÉBOUM.

(Il entre du côté par où il est sorti à l'acte précédent, s'approche de
la caverne, et appelle : )

Eromingo !

PAOTARRI, *accourant du côté opposé.*

Déjà !

### ZÉBOUM.

Ma tâche est terminée.

### PAOTARRI.

La mienne aussi : regarde.

(Il montre le haut des arbres, à l'entrée du bois.)

EROMINGO, *sortant de la caverne.*

Eh bien?

ZÉBOUM.

Tout est fini.

Le vieux marin n'est plus.

PAOTARRI.

Lauriston est puni.

Dans son coupable sang ta hache s'est baignée :

Elle en est teinte ; reprends-la.

(Il la lui rend.)

EROMINGO.

Je t'avais demandé sa tête.

PAOTARRI, *montrant les arbres.*

La voilà.

EROMINGO.

Ses yeux gonflés étincellent d'audace,

Et sa bouche entr'ouverte exprime la menace.

PAOTARRI.

Comme un brave il s'est défendu ;

Mais enfin à nos pieds nous l'avons étendu.

 EROMINGO.

Qu'avez-vous fait de son corps?

PAOTARRI.

Deux des nôtres
Sont allés le brûler dans le fond des forêts,
Ils jetteront au vent sa cendre.

EROMINGO.

(A Paotarri.)

Bien. Vous autres?

ZÉBOUM.

Nous avons rencontré Lastennec ici près.
A notre aspect il a fui vers la côte;
Et, franchissant d'un bond la roche la plus haute,
Nous a regardés sans effroi :
Ses yeux se sont levés vers la voûte céleste;
Sa main droite a couru, par un rapide geste,
Sur son front, sa poitrine, et, je ne sais pourquoi,
Sur ses épaules; puis, avant qu'on pût l'atteindre,
Il s'est élancé dans les flots,

En proférant ces derniers mots :

« Épargnez Lapérouse, et je meurs sans me plaindre! »

### EROMINGO.

Il suffit : maintenant c'est à moi d'achever :

Car le chef m'appartient ; mais je veux observer

Si la foudre en ses mains peut éclater encore ;

Il vient ; laissons-le voir ce malheur qu'il ignore.

Cachons-nous.

(Ils se dispersent dans les bois.)

## SCÈNE II.

### LAPÉROUSE.

Où porter mes pas irrésolus?

Lauriston!.. Lastennec!.. Améa!.. quoi! personne!.

O mes amis, ne vous verrai-je plus?...

Je ne sais pourquoi je frissonne :

A chaque instant, je crois apercevoir

Ou des traces de sang, ou de tristes présages :

Et tout à l'heure encor, de sinistres visages

Autour de ces rochers m'ont paru se mouvoir.

De pas entremêlés la terre était couverte,

Le rivage désert, la pirogue déserte...

Une odeur de carnage en tous lieux me poursuit...

Le vent dans ces palmiers fait un singulier bruit...

Quelque chose dans l'air me saisit et me glace.

Si je n'avais promis d'attendre à cette place,

Je... mon Dieu! quel objet!.. je rêve... Lauriston!..

Viens vite!.. Lauriston!.. oui, je rêve... non, non,

J'ai vu... fermons les yeux! Dieu! je la vois encore!

Sa bouche veut sourire, et son teint se colore,

Ses yeux, fixés sur moi, semblent mouillés de pleurs,

Il parle... ah!...

(Il regarde autour de lui.)

Laisse-moi... c'est assez de douleurs;

Fantôme affreux, va-t'en! que pourrais-tu me dire?

Va-t'en, ou prends un corps... je suis dans le délire:

Ces arbres, ces rochers tournent autour de moi...

Te voilà, Lauriston!... encor toi!.. toujours toi!..

Toi, mort!.. je crois sentir ta brûlante agonie!

Ces yeux qui rayonnaient de l'éclat du génie,

D'où s'échappait ton âme en sublimes élans,

Les voilà sans regards dans leurs orbes sanglants!

Tout à l'heure, en ce lieu, ma main pressait la sienne,

Il était là... sa voix répondait à mienne;

Et rien !.. un moment passe après qu'il m'a quitté,

Et ce moment, pour lui, c'était l'éternité !

Pour lui ! bientôt pour moi : cet espoir me console :

Retiens, mon jeune ami, ton âme qui s'envole ;

Que je puisse avec toi, dans mon rapide essor,

Vers les lieux que j'aimais me retourner encor !

(Il s'assied.)

Je puis mourir, j'ai fourni ma carrière !

Des jours nombreux que je laisse en arrière

Avec orgueil je puis me souvenir :

Mais toi, si jeune, et si plein d'avenir !..

De nos projets la grandeur illusoire

Sur ces écueils devait donc aboutir !

Tant de vertus, de science et de gloire,

Dans cette nuit tout devait s'engloutir !..

Vous franchirez l'orageuse Atlantique ;

Des bords lointains où finit l'Amérique

Vous dompterez les flots tumultueux :

Là, mesurant d'un œil audacieux

L'immensité de la mer Pacifique,

Dans ses déserts vous entrerez joyeux !

Je veux savoir où le bruit de ses ondes

Du pôle nord vient heurter les glaçons :

Je veux fixer par vos doctes leçons

L'espace étroit qui désunit les mondes.

Interrogez tous les lieux dont l'accès

N'a pas encor dissipé tous nos doutes ;

Sur l'Océan multipliez les routes,

Qu'il soit partout couvert de noms français !

Puis, remontez vers la zône enflammée ;

Du vaillant Cook bravez la renommée,

Surpassez-la : comptez, décrivez mieux

Ces archipels, ces détroits, ces rivages,

Égaux en nombre aux sables de nos plages,

Aux blés des champs, aux étoiles des cieux.

De nos savants voici la jeune élite ;

Monge, Lesseps[1] : ils sont venus s'offrir ;

Tous, devançant l'appel qui les invite,

Au grand projet ils semblent concourir :

Des arts humains, des sciences humaines

De toutes parts reculez les domaines ;

La vieille Europe est encor dans les fers

[1] Gaspard Monge, qui a fourni depuis une si belle carrière dans les sciences, était parti avec Lapérouse ; sa santé le força de relâcher à Ténériffe. Quant à Lesseps, mort depuis peu, il quitta Lapérouse à Saint-Pierre du Kamschatka, et revint à pied à travers toute l'Asie. Il a laissé une description fort curieuse de ce voyage.

Des préjugés, dés règles insensées ;

Régénérez nos antiques pensées,

Rapportez-nous un nouvel univers !...

(Il se lève.)

Vain songe d'un bon roi !.. la marine française

T'aurait dû son éclat, généreux Louis Seize !

Le voilà ce projet, qu'il traça de sa main [1] !..

Manuscrit précieux... où sera-t-il demain ?

Du moins jusqu'à la mort sur mon sein qu'il demeure !

(Il le baise, et le met sous ses vêtements.)

Moi mourir !.. ô ma femme ! ô mes enfants...

## SCÈNE III.

### LAPÉROUSE, EROMINGO.

EROMINGO, à part, dans le fond.

Il pleure :

Il est faible ; approchons.

(Il fait quelques pas, et l'observe.)

Son cœur est oppressé ;

Il tremble, et je puis...

---

[1] On sait que Louis XVI donna des ordres de sa main à Lapé-rouse pour ses explorations.

(Il lève sa hache.)

Non ; l'arme qui m'a blessé
Repose à sa ceinture, et peut m'être fatale.

LAPÉROUSE.

Eromingo!

(Il met la main à son épée. A part.)

Mais quoi! la lutte est inégale :
Ce serait de ma part un lâche assassinat.

EROMINGO à part.

Il touche son épée en songeant au combat!..
N'a-t-il plus en ses mains, pour attaquer sa proie,
La poudre qui s'embrase, et le plomb qui foudroie!

LAPÉROUSE.

Que me veux-tu? pourquoi ces regards effrayés?
Tu crains cette arme?.. tiens, je la jette à tes pieds.
Prends-la... prends-la, te dis-je : et si tu veux m'en croire,
Fais-en le monument de ta lâche victoire :
Il pourra quelque jour apprendre à des Français
Comme à Vanikoro l'on paya leurs bienfaits.

## EROMINGO.

Leurs bienfaits!.. chacun d'eux pour moi fut une offense.
Par des discours adroits séduisant mon enfance,
Vous m'avez entraîné loin du sein maternel,
Loin des Dieux protecteurs, dans l'exil éternel.
Je ne demandais pas ces courses infinies,
Moi; je croyais aller à l'île des Génies;
Sur le cours d'un soleil je réglais le chemin,
Et tout mon avenir, c'était le lendemain.
Que de pleurs j'ai versés sur cette mer immense
Qui toujours va finir, et toujours recommence!
Couché sur le tillac, dans le calme des nuits,
Que de fois j'ai crié : Rendez-moi mon pays!
Je disais au nuage étendu sur ma tête:
Ravis-moi dans tes flancs, père de la tempête!
Le nuage passait. J'implorais tous les vents;
Leur souffle inexorable emportait mes accents.
Je l'ai touché, ce sol si fécond en miracles :
Que me faisaient à moi vos fêtes, vos spectacles,
Vos entretiens moqueurs que je n'entendais pas?
Une foule importune, attachée à mes pas,
D'un sourire insultant observait ma figure.

« Il est beau, disait-on, l'enfant de la nature ! »
Oui, j'étais beau ; non pas de leur vaine beauté,
Mais de mon innocence et de ma liberté.
Eh bien, ils ont flétri ces charmes de ma vie :
Ils ont mis dans mon sein les poisons de l'envie.
Tous ces biens dont le ciel vous a favorisés,
Je songeais : pourquoi donc me sont-ils refusés?
Qu'ai-je fait pour n'avoir qu'un arc, une cabane?
Les plus vils animaux, ceux que l'homme condamne
A mourir pour sa table, à souffrir pour ses jeux,
Sont mieux nourris que moi, mieux couverts, plus heureux.
Et d'ailleurs, ces trésors, qui vous les fait connaître?
Car ils ne savaient rien, tous ceux que j'ai vus naître :
Ces hommes forts ensemble, et qui s'appellent grands,
Ils furent comme moi faibles, nus, et souffrants.
J'en voudrais bien voir un, seul, sur notre rivage,
Vivant de nos repas, parlant notre langage,
Privé de tous ces biens qu'on paie avec de l'or...

LAPÉROUSE.

Tu l'as vu ; n'es-tu pas satisfait?

EROMINGO.

Pas encor :

Je veux du sang.

LAPÉROUSE, *lui indiquant la tête de Lauriston.*

Barbare; en voici!

EROMINGO.

Cette offrande
Appartient à nos Dieux : ma vengeance en demande
Une plus précieuse, une dernière.

LAPÉROUSE.

Eh quoi!
Lastennec?...

EROMINGO.

Il est mort; il ne reste que toi.

LAPÉROUSE.

O mon vieux compagnon, voilà ce que tu gagnes
A m'avoir secondé pendant dix-huit campagnes!
Ton souvenir au mien ne sera pas lié :
On parlera de moi; tu seras oublié.

EROMINGO.

Pourquoi donc quittiez-vous votre belle patrie,

Pour venir d'un sauvage affronter la furie ?
Quel but amène ici vos Français ?

LAPÉROUSE.

Un devoir
Que ton culte grossier ne saurait concevoir.

EROMINGO.

Mon culte ! parmi vous j'ai perdu mes croyances.
Je vous ai vus, gonflés de vos folles sciences,
Mépriser tous les Dieux que mon père adorait.
« Du monde, disiez-vous, nous savons le secret :
Dieu n'est qu'un mot : brisez vos stupides idoles,
Ne craignez plus du bois, des rêves, des paroles. »
J'étais pieux alors, j'étais bon : l'on m'a fait
Incrédule et méchant : c'est encore un bienfait !

LAPÉROUSE.

Il est, Eromingo, de plus pures maximes.

EROMINGO.

Qu'importe ?

LAPÉROUSE.

Il est un Dieu qui punit tous les crimes.

#### EROMINGO.

Je n'y crois pas.

#### LAPÉROUSE.

Un Dieu qui nous a faits meilleurs.

#### EROMINGO.

Est-ce que son pouvoir ne s'étend pas ailleurs?
Pourquoi nous donna-t-il de lointaines contrées,
De ce monde qu'il aime à jamais séparées?

#### LAPÉROUSE.

De quoi vous plaignez-vous, quand, guidé par sa voix,
Le chrétien vient s'asseoir à l'ombre de vos bois?
Quand au prix d'un sourire et de quelques caresses,
L'Europe à pleines mains vous répand ses largesses,
Vous donne ses produits, ses arts, ses instruments,
Ses métaux, ses tissus, jusqu'à ses aliments,
Éclaire vos esprits de conseils salutaires,
Rend vos abris plus sains, fertilise vos terres?
Et quels biens de vos bras pourrions-nous arracher?
Où sont-ils les trésors que nous venons chercher?
Quelques plantes, pour nous moins utiles que rares,
Des fruits, qu'à notre aspect cachent vos mains avares…
Est-ce pour conquérir ces frivoles objets

Que nos Européens font de si longs trajets?
Ah ! de plus saints devoirs en ces lieux les conduisent:
Dieu les a faits savants, Dieu veut qu'ils vous instruisent.

### EROMINGO.

Non ; qu'ils restent chez eux, ou nous les chasserons.

### LAPÉROUSE.

Ils reviendront toujours.

### EROMINGO.

Eh bien, nous les tuerons.

### LAPÉROUSE.

Au cœur de tous les miens crois-tu pouvoir atteindre?
Là brûle un feu sacré qui ne saurait s'éteindre :
Ce que l'un ne peut faire, un autre le fera :
De la société l'œuvre s'accomplira ;
En vain la mer mugit, en vain la foudre gronde ;
Le soleil des chrétiens fera le tour du monde.

### EROMINGO.

Succombe, en attendant, sous la loi du plus fort.

#### LAPÉROUSE.

La réponse du lâche est un arrêt de mort,
Je le sais : je suis prêt. Frappe donc ; qui t'arrête ?
Ces arbres inclinés te demandent ma tête.

#### EROMINGO.

Tu dis vrai ; car ces bois, par vous seuls profanés,
Vont secouer sur toi des traits empoisonnés.

(Il va vers le fond.)

Fils de Vanikoro, vengeurs de vos ancêtres,
Venez, exterminons le dernier de ces traîtres !

(Les sauvages paraissent de toutes parts sur les rochers.)

#### LAPÉROUSE, *tirant son épée.*

Barbares, nul de vous n'osera faire un pas.

#### EROMINGO.

Leurs flèches suffiront.

(Il fait un signe, tous les arcs sont tendus.)

## SCÈNE IV.

### LES PRÉCÉDENTS; AMÉA.

AMÉA, *se jetant sur le sein de Lapérouse.*

Tuez-moi dans ses bras!

EROMINGO.

Améa!

AMÉA.

Du canot je me suis échappée.

LAPÉROUSE.

Et ton frère?

AMÉA.

Il me suit.

EROMINGO, *à part.*

Ma vengeance est trompée!

AMÉA.

Je viens pour vous sauver : tu n'as pas lu ce mot
Qu'il t'écrivait?

LAPÉROUSE.

Comment?

AMÉA.

Et le vieux matelot?

LAPÉROUSE.

Il est mort.

AMÉA, *regardant autour d'elle.*

Lauriston!.. vous n'êtes plus ensemble!

LAPÉROUSE, *se mettant devant elle pour l'empêcher de voir la tête.*

Il ne faut qu'un moment pour que Dieu nous rassemble.

AMÉA.

Est-il loin?

LAPÉROUSE.

Non, ma fille.

AMÉA.

Est-il en leur pouvoir?

**LAPÉROUSE.**

Il leur est échappé.

**AMÉA.**

Je vais donc le revoir !
Zodaï, Zodaï, viens vite !.. qu'il me tarde
D'embrasser Lauriston !..

(Elle se dirige du côté des arbres où la tête est placée.)

**LAPÉROUSE,** *la retenant.*

Ciel ! où vas-tu ?

**EROMINGO.**

Regarde !

**AMÉA,** *poussant un cri déchirant.*

Ah !

(Elle tombe raide aux pieds de Lapérouse.)

**LAPÉROUSE,** *se penchant sur elle.*

Te voilà content : ce cœur inanimé
Déjà cesse de battre.

**EROMINGO.**

Oui, tout est consommé.

Zodaï peut venir.

(Aux sauvages.)

Lancez vos traits !

LAPÉROUSE.

Infâme !

(Aux sauvages.)

Tuez-moi, mais du moins respectez cette femme.

(Il se précipite dans la caverne.)

Venez, oserez-vous me suivre ?

EROMINGO.

Il est à nous !

Là, rien ne peut le mettre à l'abri de nos coups.

Il sait que les esprits de la grotte sacrée

A moi seul, en tout temps, en permettent l'entrée.

Mais dans ces profondeurs il n'est point de détour,

Point de saillie : amis, rangez-vous à l'entour ;

Envoyez au hasard vos flèches sous ces voûtes,

Et nos Dieux vers son cœur vont les diriger toutes.

(Les sauvages descendent tumultueusement sur la scène et se pressent autour de la caverne.)

AMÉA, *revenant à elle.*

Qu'ai-je vu?.. Lapérouse !.. attendez !.. me voici !

(Elle se lève.)

Rangez-vous! rangez-vous! je veux mourir aussi!

(Elle écarte les sauvages et se jette dans la caverne.)

## EROMINGO.

Frappez toujours!

## SCÈNE V.

LES PRÉCÉDENTS ; ZODAI.

### ZODAI.

Qui donc? mà sœur?

### EROMINGO.

Je vous l'ordonne.

### ZODAI.

Moi, je vous le défends!

### EROMINGO.

Je punis.

### ZODAI.

Je pardonne.

**EROMINGO.**

De quel droit?

**ZODAI.**

Je suis chef : au nom de mes aïeux
Qu'on épargne ma sœur !

**EROMINGO.**

Frappez, au nom des Dieux !

(Les sauvages vont lancer des traits dans la caverne.)

**ZODAI,** *cherchant à les arrêter.*

Oh ! je vous en conjure, écoutez ma prière !

**LAPÉROUSE,** *dans la caverne, à Améa.*

Ote-toi !

**AMÉA,** *dans la caverne.*

Non ! je veux expirer la première !

(Sur un signe d'Eromingo, les flèches partent. Améa pousse un cri
de douleur.)

Ah !

**ZODAI,** *avec un grand cri.*

Ma sœur !

**LAPÉROUSE,** *dans la caverne.*

Elle est morte.

**EROMINGO.**

Il vient ; c'en est assez !

Il est couvert de sang.

**LAPÉROUSE,** *sortant, l'épée à la main.*

Lâches, disparaissez !

Vous êtes satisfaits... que voulez-vous encore ?

Le poison de vos traits me brûle et me dévore...

Laissez–moi !..

(Zodaï se précipite dans la caverne ; les sauvages reculent jusque
sur les rochers ; Lapérouse se traîne au pied d'un arbre, vis-à-vis
de celui où la tête de Lauriston est attachée.)

Qu'avez-vous ?.. quelle morne stupeur !

Vous tremblez à ma vue !.. un mourant vous fait peur !

Ne vous éloignez pas : dans un moment, sans doute,

Ce glaive menaçant, que votre âme redoute,

Tombera de ma main : vous pourrez le saisir ;

Vous pourrez de ma mort triompher à loisir,

Et suspendre ma tête à ces palmiers.

(Il tombe sur le gazon.)

O France !

23

Poursuis tes grands desseins avec persévérance :
Prodigue tes bienfaits à ces peuples ingrats ;
Pleure ton Lapérouse, et ne le venge pas.


EROMINGO, *aux sauvages.*

Il succombe : approchons.

(Ils font quelques pas.)

LAPÉROUSE.

Lauriston, tu m'appelles!..
Oui, l'ange de la mort vient d'étendre ses ailes...
Tes bras s'ouvrent... mon fils, attends-moi : je te suis.
Ah! comme ils étaient beaux, les champs de mon pays!
Je crois les voir encor... Mon ami, tout à l'heure!...
Voici de mes aïeux la paisible demeure...
Les collines d'Albi, son fleuve fortuné...
Ma mère... Ah! j'ai revu les lieux où je suis né,
Je puis mourir.


EROMINGO, *s'approchant de plus en plus.*

Ses yeux se ferment.


LAPÉROUSE, *d'une voix éteinte.*

Chère épouse!

Que mon dernier soupir soit pour toi !...

**EROMINGO,** *le touchant.*

Lapérouse !...

Il n'entend plus.

(Il lui prend son épée.)

A moi l'épée ! elle est à moi !

Europe, tu voulais nous instruire !.. pourquoi?

**FIN DE LAPÉROUSE.**